中国古典诗词精品赏读

柳宗元

王明辉 编著

五洲传播出版社

图书在版编目（CIP）数据

中国古典诗词精品赏读丛书. 柳宗元 / 王明辉著. -- 北京：五洲传播出版社，2023.1

ISBN 978-7-5085-4972-9

Ⅰ. ①中… Ⅱ. ①王… Ⅲ. ①柳宗元（773-819）－古典诗歌－诗歌欣赏 Ⅳ. ①I207.2

中国版本图书馆CIP数据核字(2022)第227107号

编　　著：王明辉
图片编审：迟乃义
责任编辑：王　峰
装帧设计：田　林

中国古典诗词精品赏读丛书

柳宗元

出版发行：五洲传播出版社
地　　址：北京市海淀区北三环中路 31 号生产力大楼 B 座 6 层
邮　　编：100088
发行电话：010-82005927　010-82007837
网　　址：http://www.cicc.org.cn　http://www.thatsbooks.com
制　　作：北京原色印象文化艺术中心
印　　刷：北京市房山腾龙印刷厂
版　　次：2023 年 1 月第 1 版第 1 次印刷
开　　本：720 × 965 mm　1/16
印　　张：7.75
字　　数：42 千字
定　　价：56.00 元

编 者 的 话

中国在历史上是一个“诗歌的国度”，古典诗词是中国传统文化的奇葩。早在三千年前，我们的祖先就创作出了以“诗三百”为代表的优秀诗篇。此后每个历史年代，诗歌创作都结出丰硕的成果，其中不少名篇名句脍炙人口，传诵至今。“中国古典诗词精品赏读”书系选取了历史上最具代表性的诗人、词人的优秀作品，并加以详尽通俗的译注、评解，试图将古代中国人创造的最可珍贵的文化瑰宝介绍给当代海内外读者。

以“国风”为代表的《诗经》和以《离骚》为代表的楚辞，无论是在思想内容上还是在艺术手法上，都对中国后世诗坛产生了深远影响。中国诗歌至唐代而达到高峰，呈现出后人所称誉的“盛唐气象”和“少年精神”。而从李白、杜甫等诗人身上，从他们留下的诗歌中，不难看出“风”“骚”以来优秀传统的回响。他们都有强烈的现实关怀，关注国家、社会、民众等问题；而这种主题，往往是诗人通过自己的人生境遇和心灵历程去感悟，通过描绘自然界山川万物、人间世事民情来体现的。在唐诗的辉煌之后发展起来的宋代诗歌，成就也相当高，但最能表现宋代文学特殊成就的是词。宋代优秀的词家把这种长短句诗体运用到出神入化的地步，那或慷慨激昂、或委婉凄清的词作，今天读来仍有强烈的艺术感染力。可以说，唐诗宋词是中国文学史上最有神采的篇章。

中国古代诗歌注重抒情、写景，善于表现友情、亲情、爱情、乡情，以及其他复杂细微的个人情感。这形成中国诗歌又一个强大的传统。在儒家思想影响下，中国诗歌几乎从一开始就具有“发乎情，止乎礼义”的特点，情感的表达比较内敛含蓄，有别于西方的诗歌风格。与此同时，中国诗人们又强调“含不尽之意见于言外”，善于通过各种艺术手法传达言外之意，给读者以无穷的回味、想像空间。古代诗词中的优秀之作往往写得深情宛转，富于形象性和音乐性，诵读这些诗词，可以受到多层次的艺术感染和美的熏陶。古典诗词还善于表现自然之美及人与自然的融合。古人常说“诗中有画，画中有诗”，本书系中的每首作品，都配以当代画家根据诗词意境绘制的中国画，通过欣赏这些诗、画，可以更深刻地领悟到中国古代艺术作品中的诗情画意，品味其艺术之美。

除了“诗情画意”的特色外，本书系以各位诗人、词人单独成册，以更清楚地展示其不同的个性和艺术风格；各分册包括诗人、词人简介与作品赏析两部分。对每篇作品的赏析，又分为题解、句解、评解三个章节：题解交代创作背景；句解用现代语文对诗词进行逐句意译，对某些难懂的字词作注释；评解部分则提要钩玄，对作品特色进行点评。我们的本意，首先是帮助读者减少阅读中的文字障碍，继而是理解诗词的思想内容、艺术特色和写作技巧。

中国古代经典诗词把汉语升华到至美至纯的境界，足以使每个中国人感到自豪。这些作品是联接所有炎黄子孙思想、情感的文化纽带，无论身在国内，还是身在海外，优秀的诗歌对读者的感召力都是相通的。一个喜爱祖国传统文化的人，可能会不断地接触和学习祖先的这些遗产。久而久之，这些优秀文化中的一部分会积淀下来，构成每个人头脑中一道美丽的艺术长廊，不断给人以教益、激励和艺术享受。我们期望，本书系所介绍的诗词名篇能够成为这道艺术长廊的组成部分。

本书系介绍的诗人、词人，如唐代的李白、杜甫、王维、白居易、李商隐，宋代的苏轼、秦观、李清照、辛弃疾、陆游，还有东晋的陶渊明、五代的李煜、元代的萨都剌，等等，都是中国诗歌史上耀眼的星座。他们都各有很多传世名篇，限于篇幅，书中每人只选取了二三十首代表作品。由于我们水平有限，书中会有种种不尽如人意之处，敬请读者朋友提出宝贵意见。

目录

柳宗元简介

柳宗元，字子厚，唐代著名的文学家和思想家。祖籍蒲州解县（今山西运城市解州镇），古代属河东郡，因此，柳宗元又被称为“柳河东”。

唐代宗大历八年（773），即安史之乱平定之后的第十年，柳宗元出生于长安。这时的唐朝已不复全盛时期的兴盛，各种社会矛盾日益突出，不可避免地走上了日渐衰朽之路。不过就当时而言，很多士人仍坚信唐朝会重振雄风，他们心中仍存有中兴的希望和信念，并竭尽全力地进行革新和救弊的努力，柳宗元就是其中的一个代表人物。

柳宗元的政治抱负与其家世有比较密切的关系。柳氏属于名门望族，早在北朝时，柳、薛、裴三族就被并称为“河东三著姓”。柳宗元自称：“柳族之分，在北为高。充于史氏，世相重侯。”（《故大理评事柳君墓志》）自柳宗元的八世祖起，柳家接连数代都任朝廷大吏。入唐后，柳家作为关陇集团的重要力量，与李氏皇族关系密切，仅高宗一朝，柳家子弟居官尚书省的就达二十余人。但是在武后主政期间，柳氏一族受到严重打击，到柳宗元时，家族已从高门大族衰落为一般的地主阶层。柳宗元对祖上的功业充满向往，一直希望有朝一日可以重振柳氏家族。

柳宗元的家庭是一个典型的书香门第，父亲柳镇在玄宗、德宗朝都曾做过官，品秩虽然不高，但很有风骨。在长期游宦过程中，柳镇对官场黑暗和底层民众生活有较深了解，写过不少富有正义感的诗文。柳镇虽然是个儒生，但并不迂腐，深知学、行兼顾的重要性。他人生态度积极，广交益友，

他的品行和学识对柳宗元影响很大。柳宗元的母亲出身于著名的士族大姓范阳卢氏家族，她贤淑有识，文化素养很高，在操持家务之余，还亲自对柳宗元进行启蒙教育。柳镇长期在外为官，卢氏在家孝养老幼，饱经艰辛而无怨无悔，她的人格修养令柳宗元颇受教益。柳宗元九岁时，即唐德宗建中二年（781），建中之乱爆发，这次割据战争使柳家饱受其苦，也使幼年柳宗元深刻认识到底层民众的苦难，对他以后的思想发展有重要影响。

柳宗元年少成名，十三岁时即写出《为崔中丞贺平李怀光表》，颇受赞誉，被誉为“奇童”。唐德宗贞元九年（793），柳宗元中进士，时年二十一岁，与刘禹锡同科，他们后来结为好友。这时柳镇病逝于长安，柳宗元在守制期间到邠州（今陕西彬县）一位叔父处游历，在那里，他对唐朝西北地区的实际情况有了很深的了解。这段经历对他思想性格的成熟起了促进作用。

贞元十四年（798），柳宗元登博学宏词科，受命为集贤殿正字，从此走上仕宦之路。他秉承父祖的教训，志向远大，自称：“始仆之志学也,甚自尊大,颇慕古之大有为者。”（《答贡士元公瑾论仕进书》）在入仕之后，柳宗元将全部精力投入政治活动中，力图有所建树。三年后，他调补京兆府蓝田县尉，贞元十九年（803），又回朝任监察御史里行。这段时期，由于接触了很多政治黑暗、吏治腐败的实例，他改革时弊的愿望日益强烈，并结交了一批志同道合的朋友，互相砥砺，形成一定的声势。在这个圈子里，柳宗元是很有锋芒的人物，“俊杰廉悍，议论证据今古，出入经史百子，踔厉风发，率常屈其座人。名声大振，一时皆慕与之交”（韩愈《柳子厚墓志铭》）。

柳宗元与好友刘禹锡一起参加了力主革新的王叔文集团，并成为其中的主要人物，时称“二王、刘、柳”。贞元二十一年（805）正月，顺宗李诵即位，改元永贞。顺宗有志改革弊政，王叔文集团得以主政。柳宗元被提升为礼部员外郎，协同王叔文、王伾、刘禹锡等人，积极推行了一系列革新措施，如停罢“宫市”、取消苛捐杂税等。这次新政，史称“永贞革新”。“永贞革新”触动了很多人的利益，因此受到宦官、藩镇和保守官僚的一致抵制和反对。同年八月，顺宗被迫“内禅”，太子李纯登基，即宪宗。“永贞革新”的骨干成员纷纷遭到贬逐，被流放远州，革新运动宣告失败。第二年，革新派领袖王叔文在贬所被赐死。

永贞元年九月，柳宗元被贬为邵州刺史，十一月加贬永州（今属湖南）司马。刘禹锡、韦执谊、韩泰、陈谏、韩晔、凌准、程异等亦同时被贬为远州司马，史称“八司马”。对革新人士极为仇视的当权派并未罢手，他们挑唆唐宪宗下诏，称即使遇到恩赦，八司马也“不在量移之限”（《旧唐书·宪宗本纪》）。对柳宗元等人来说，这是个极其残酷的打击，他们带着绝望的情绪分赴边地。

永贞元年冬，柳宗元奉母抵达永州贬所。当地环境艰苦，气候恶劣，半年后，其母卢氏即因病辞世。柳宗元在永州度过了十年时间。在此期间，他深入了解下层民众疾苦，饱览永州奇山异水，写下诸多诗文名篇。“永州八记”、《三戒》、《段太尉逸事状》、《贞符》、《非国语》、《天说》、《天对》、《捕蛇者说》、《溪居》、《渔翁》、《江雪》等作品均为此时所作。贬居永州时期，柳宗元独处一隅，知交零落，苦闷彷徨又无计可施，昔日的志向与抱负更是无从谈起，正所谓“风波一跌逝万里，壮心瓦解空缧囚”（《冉溪》）。再加上环境艰苦，水土不服，他的身心健康受到极大损伤，以至于“百病所集，痞结伏积，不食自饱”，“神志荒耗，前后遗忘”（《寄许京兆孟容书》），“每闻人大言，则蹶气震怖，抚心按胆，不能自止”（《与杨京兆凭书》）。

宪宗元和十年（815）春，柳宗元奉召回到京师。三月，又远迁为柳州（今属广西）刺史。官职虽然略有提升，任所却更加僻远，名为升迁，实为流放。柳州自然环境恶劣，“阴森野葛交蔽日，悬蛇结虺如蒲萄”（《寄韦珩》）、“桂岭瘴来云似墨”（《别舍弟宗一》）、“异服殊音不可亲”（《柳州峒氓》），柳宗元到此如入异域荒城，心中十分失落。但他在慨叹自己的不幸之余，并未放弃自己的职责，他在柳州积极施政，兴利除弊，发展生产，开办学校，释放奴婢，政绩卓著，受到当地百姓的爱戴。

在柳州期间，柳宗元的情绪始终比较低落。这次流放远州，使他清楚地意识到，已经完全失去了东山再起的希望。在他这个时期所写的诗文中，往往可见其雄心不再后的颓放，“只因长作龙城守，剩种庭前木槲花”（《种木槲花》），“若教坐待成林日，滋味还堪养老夫”（《柳州城西北隅种柑树》），这样的诗句比比皆是。这种郁结的心情使他的健康情况日益恶化。在柳州期间，柳宗元写了不少脍炙人口的诗文，如《登柳州城楼寄漳汀封连四州》、《别舍弟宗一》、《与浩初上人同看山寄京华亲故》等。

元和十四年（819），朝廷大赦，经宰相裴度说情，宪宗同意召回柳宗元。然而诏书未到柳州，柳宗元已经病殁，时年四十七岁。当地居民在罗池建庙纪念他。现在广西柳州市的柳侯公园内，还有柳宗元衣冠冢。

对柳宗元来说，贬谪永、柳二州，在政治上当然是极度失意，但另一方面，却又使他在文学上获得了巨大成就。宋代欧阳修分析说："至于失志之人，穷居隐约，苦心危虑，而极于精思，与其所感激发愤，惟无所施于世者，皆一寓于文辞。故曰，穷者之言易工也。如唐之刘、柳，无称于事业；而姚、宋不见于文章。"（《欧阳文忠公文集》卷四十四《薛简肃公文集序》）柳宗元在文学上的成就相当突出，他在诗歌、辞赋、散文、游记、寓言、小说、论说文以及文学理论诸方面，都成果斐然。

柳宗元的诗歌现存一百六十余首，在唐代诗人中，他属于创作数量较少的一位。但柳诗中不乏传世之作。很多人认为柳宗元的文胜过诗，但他诗歌的魅力也是不容忽视的。前人评论柳诗,大多认为他继承陶渊明传统，如宋代苏轼曾这样评价："所贵乎枯淡者，谓其外枯而中膏，似淡而实美，渊明、子厚之流是也。"（《东坡题跋·评韩柳诗》）杨万里也说："五言古诗句雅淡而味深长者，陶渊明、柳子厚也。"（《诚斋诗话》）但陶、柳二人生活际遇、思想性格均有很大差别，仔细品味两人的诗风，实际上也还是有所不同：陶诗自然淡泊、平和旷远，而柳诗则于清丽之中包蕴着忧怨峻峭。

柳宗元矢志于政治革新，却连遭贬谪，政治上的失意使他的精神处于巨大的痛苦之中。在他的诗歌中，几乎处处可见抑郁、悲愤、怨怒和挣扎的痕迹。独特的生活经历和丰富的思想感情，使柳宗元在前人艺术经验的基础上，别开生面，创造出自己的艺术风格，被后人称为"柳子厚体"。他的诗歌格调简淡质朴，情感沉厚丰富，最突出的艺术特征是清峻委曲，这一点在山水诗中体现得尤为明显。现存柳诗绝大部分是诗人贬谪永州以后的作品，题材广泛，众体兼备，叙事、咏史、寓言、山水、抒情等体裁各具特色。

除诗歌之外，柳宗元在其他文学体裁上也有很高成就，他的辞赋继承和发扬了屈原的传统，《沧浪诗话》的作者宋代严羽认为"唐人惟子厚深得骚学"。柳宗元的散文与韩愈齐名，二人与宋代欧阳修、苏轼等人并称为"唐宋八大家"。柳宗元还和韩愈一起在中唐文坛上发起了一场古文运动，提出了"文道合一"、"不平则鸣"、"务去陈言"、"辞必己出"等一系列创作主张，对后世影响很大。柳宗元的"永州八记"是古代山水游记的代表作品之一。他还写过一些脍炙人口的寓言故事，如《黔之驴》、《永某氏之鼠》等。这些寓言讽刺现实，形象生动，篇幅短小而波澜起伏，已成为千古传诵的名篇。柳宗元的论说文笔锋犀利，论证精确，《封建论》、《断刑论》、《晋文公问守原议》、《桐叶封弟辨》等为其代表作，《封建论》被晚清林纾誉为“古今至文，直与《过秦》抗席”（《韩柳文研究法》）。

除文学成就之外，柳宗元又是一位著名的思想家。他有自己明确的哲学主张，提倡“元气自然论”，认为万物的变化都是由于元气的运动。他还提出“天人不相预”的观点，认为人事祸福、社会治乱与自然现象并没有直接的对应关系。他认为社会发展有其自身的客观必然趋势，这种“势”不以人们的主观意志为转移，从而否定“天命论”。柳宗元的政治思想也是比较进步的，他反对世袭特权，反对藩镇割据，在《封建论》中肯定郡县制，在《晋文公问守原议》中反对宦官干政。

柳宗元的思想以儒家为主，兼容诸家。他推崇“尧、舜、孔子之道”，“好求尧、舜、孔子之志，唯恐不得”（《送娄图南秀才游淮南将入道序》），自称“勤勤勉励，唯以中正信义为志，以兴尧、舜、孔子之道”（《寄许京兆孟容书》）。他认为儒家的五经是“取道之原”（《答韦中立论师道书》），也就是说，儒道是根本。但他也并不排斥先秦诸子，认为老子、杨朱、墨子、韩非、刑名、纵横等诸子百家，与儒学并不对立，都“与孔子同道”，应该“通而同之，搜择融液”，使之合于“圣人之道”（《送元十八山人南游序》）。柳宗元与韩愈在很多方面意见是一致的，但他并不像韩愈那样排佛。他精通佛学，认为佛学与儒学有相合之处，“浮图诚有不可斥者，往往与《易》、《论语》合”（《送僧浩初序》）。

在中国历史上，柳宗元以他积极进取的精神、深邃广博的思想、清峭凝练的文风，卓然屹立于文化名人之林。他一身兼具政治家的才干、哲学家的思想和文学家的情怀。他一直以政治追求为目标，最终却以文学和哲学成就闻名后世。

晨诣超师院读禅经

汲井漱寒齿，清心拂尘服。
闲持贝叶书，步出东斋读。
真源了无取，妄迹世所逐。
遗言冀可冥，缮性何由熟？
道人庭宇静，苔色连深竹。
日出雾露馀，青松如膏沐。
澹然离言说，悟悦心自足。

题解

永贞元年（805）年底，柳宗元扶老携幼来到永州，寄居城南龙兴寺，一住便是四年多。寺中住持重巽是天台九祖荆溪湛然的再传弟子，柳宗元对他十分仰慕，尊称为“超师”，常与其一起打坐说经。这首诗约写于元和元年（806），超师院指重巽坐禅的龙兴寺净土院。

晨诣超师院读禅经 诗意图 崔晓东 绘

柳宗元是唐代诗人中佛学修养极深的一位，他“自幼好佛，求其道，积三十年”，于禅宗、天台宗、律宗等佛教宗派经义颇有造诣。在他的思想中，佛教义理带来的影响也时常可见。不过，正如章士钊所说，“子厚自幼好佛，并不等于信佛”（《柳文指要》上卷）。柳宗元主要是通过精研佛理来提高精神境界，这直接影响了他的生活情趣和审美趣尚，但他终究不是一位佛教徒。在柳宗元的诗文创作中，清幽淡远、空寂荒冷是主要的艺术风格，这与他的佛学理念有密切关系。本诗中诗人由览物而顿悟的转变过程，阐释的正是禅宗任运自在、随处领悟的精神境界。

【句 解】

汲井漱寒齿，清心拂尘服。闲持贝叶书，步出东斋读

“汲”，从井里取水。“贝叶”，古代印度人用以写经的树叶，代指佛经。清晨取来井水漱口以清净心灵，再拂去衣上的灰尘，身心俱净，做好读经的准备。清人章燮认为：“‘清心’句言漱井水，内可以清心；拂尘服，外可以去垢。谓内外洁净诚心，方可读禅经也。”（《唐诗三百首注疏》）闲来信步走出东斋，手持佛经诵读，身心俱安。

真源了无取，妄迹世所逐。遗言冀可冥，缮性何由熟

“真源”，指佛教的真谛。“妄迹”，《大乘义章》：“谬执不真，名之妄迹。”指学禅而拘泥于妄诞、不能晓悟的行止。“遗言”，指流传的佛典。“缮性”，涵养本性，修心养性。世间学佛者虽众，但佛教的真谛却很少有人领悟；人们尽力追求的，往往只是妄迹。如此一来，对于佛典的经义，可能还有与之契合的希望，但对于真正的修行却并无益处，不能达到圆熟的境界。

道人庭宇静，苔色连深竹。日出雾露馀，青松如膏沐

“道人”，得道之人，这里指超师。“膏沐”，洗沐、润泽。得道高僧的禅院静寂无声，苍苔翠竹绵延一色。朝阳初升，在渐散的晓雾和露珠的润泽下，青松如同刚刚沐浴过一般，清翠怡人。这四句写景，亦寓有禅意，正如清人何焯所说：“日来雾去，青松如沐，即去妄迹而取真源也。故下云澹然有悟。”（《义门读书记》）

澹然离言说，悟悦心自足

看到了眼前景物的天然自得，诗人心有所悟，于是不再记挂佛经中的言论，心中自然恬淡平和，完善自足。领悟佛理的最高境界是超越语言层次的，这两句中表达了作者对“离经得道”禅宗思想的认识。明人唐汝询《唐诗解》卷十称：“此读经而迷，览物而悟也。言清洁身心取经以读，专精如此，而不获其真源，彼此之所逐，特其妄迹耳。然言可冀其默悟，性何由治之使纯一哉！今观草木自得之天而性在是矣，是以不待言说而心自悟也。经岂必深读哉！”

评解

这是一首富有禅理意味的诗，作者通过在禅院晨起读经而后览物有所得的体验，发挥禅理，“不作禅语，却语语入禅”（明人杨慎语）。金代元好问《木庵诗集序》认为：“柳州《超师院晨起读禅经》五言，深入理窟，高出言外。”（《遗山先生文集》卷三十七）

虽然诗人是因禅而说理，但诗的关键落在一个“悟”字上，全诗皆由此展开。借助宋人范温《潜溪诗眼》中的一段评论，可以更好地认识这一点：“识文章者，当如禅家有悟门。夫法门百千差别，要须自一转语悟入，如古人文章，直须先悟得一处，乃可通其他妙处。向因读子厚《晨诣超师院读禅经》诗，一段至诚洁清之意，参然在前：‘真源了无取，妄迹世所逐。微言冀可冥，缮性何由熟。’真妄以尽佛理，言行以尽薰修，此外亦无词矣。‘道人庭宇静，苔色连深竹’，盖远过‘竹径通幽处，禅房花木深’。‘日出雾露余，青松如膏沐’，予家旧有大松，偶见露洗而雾披，真如洗沐未干，染以翠色，然后知此语能传造化之妙。‘澹然离言说，悟悦心自足’，盖言因指而见月，遗经而得道，于是终焉。其本末立意遣词，可谓曲尽其妙，毫发无遗恨者也。”（《苕溪渔隐丛话前集》）

初秋夜坐赠吴武陵

稍稍雨侵竹，翻翻鹊惊丛。

美人隔湘浦，一夕生秋风。

积雾杳难极，沧波浩无穷。

相思岂云远，即席莫与同。

若人抱奇音，朱弦緪枯桐。

清商激西颢，泛滟凌长空。

自得本无作，天成谅非功。

希声閟大朴，聋俗何由聪。

题解

这首诗大约作于唐宪宗元和三年（808）至六年之间。吴武陵，信州（今江西上饶）人，元和二年（807）进士，拜翰林学士，元和三年因得罪权贵李吉甫而被流放永州，与被贬为永州司马的柳宗元“意气相投，同游永州山水”（《新唐书·吴武陵传》）。他们在永州相聚四年之久，来往甚密。在《柳宗元集》中，有多首涉及吴武陵的诗文。此诗抒发对吴武陵的思念，情真意切。

柳宗元谪居永州之后，困守一隅，很少有朋友来往，难免孤独苦闷，这种精神上的寂寞比现实环境的艰苦更加令他难以忍受。而在此期间，与吴武陵的交往就成为他弥足珍贵的精神慰藉。两人都被流放边地，同是天涯沦

初秋夜坐赠吴武陵 诗意图 王本杰 绘

落人，又性情相投，惺惺相惜，可以诗酒唱和、互慰平生，实为不幸中之大幸。诗人雨夜怀人，通过对高超琴艺的描绘来表达对友人品格、才情的赞赏，既寄托了知音难觅的感慨，又含蓄抒发了怀才不遇的郁结。

【句 解】

稍稍雨侵竹，翻翻鹊惊丛。美人隔湘浦，一夕生秋风

“稍稍”，此处是萧森、潇潇之意。“翻翻”，意近翩翩。潇潇秋雨洒入竹林，飒飒作响，受惊的鸟鹊上下翻飞。“美人”在这里代指吴武陵，古人常以美人比喻君子。潇水与湘水在永州城北合流，当时柳宗元与吴武陵分居江水两侧。知交的好友就住在江流的彼岸，一夜之间，秋风乍起，似乎已经与友人分别了很久。

起首两句写景，却暗含机杼，自然引出下面秋风怀人的主旨。清人何焯指出“起两句暗藏‘风’字”（《义门读书记》）。秋风秋雨秋夜，愁绪难遣，自然想起相投的友人。正如明人唐汝询所说：“雨洒鹊惊，怀人之念举也。”（《唐诗解》卷十）

积雾杳难极，沧波浩无穷。相思岂云远，即席莫与同

两岸之间烟雾弥漫，水波浩淼，阻隔了眺望友人的目光。思念的朋友其实距离自己并不遥远，然而此时此刻却无法在一起赏雨抒怀，实在令人遗憾。此四句意致起伏，先言烟水阻隔，似乎两人相距尚远；随即一转，揭出实则不远；但正因为距离不远，此时仍不能共聚，愈发突出人生聚少离多的现实。

若人抱奇音，朱弦緪枯桐。清商激西颢，泛滟凌长空

“若人”，若在这里是代词，相当于这、这个，若人意即这个人，这里指吴武陵；“奇音”，不同凡俗的乐音。“朱弦”，用熟丝制的琴弦，《礼记·乐记》：“清庙之瑟，朱弦而疏越。”“緪”，紧，急；“枯桐”，指古琴。这两句称赞友人琴艺高妙，迥出于俗流之上，以浊声急弦奏乐。“清商”，即商声，古代五音之一，其调凄清悲凉，故称清商，又往往借指秋声，如晋潘岳《悼亡诗》：“清商應秋至。”“西颢”，即西方，“西方曰颢天”（《吕氏春秋·有始》），而古人以秋位在西，所以西颢也指秋天，《汉书·礼乐志·郊祀歌·西颢》：“西颢沆砀，秋气肃杀。”凄清的琴声回荡在肃杀的秋季，仿佛高远的长空中浮光荡漾。

这四句突出吴武陵卓尔不群的才华。先称其以不俗的琴具奏响奇音，再从清越的琴声中浮想出奇妙的图景。明代沈芬认为："于声音中想出泛滟长空，奇甚！然即钟期所云'汤汤若流水'是也。古人只是能从死句中出活景耳。"（《诗源辨体》卷七）诗人在此极力描绘吴武陵琴技之高妙，寓有比喻之意，目的是借琴音指代其才情。唐汝询就已经指出了这一点："'奇音'、'清商'等语，借琴曲以形容其才华，非实有师襄之技，不然，乌足为柳州重。"（《唐诗解》卷十）

自得本无作，天成谅非功。希声閟大朴，聋俗何由聪

赞叹过友人的高超琴艺后，诗人指出：这种自在自足的天成境界不是依靠人工雕琢就可以达到的，而是艺术的至高境界。清沈德潜认为这两句所表述的是"千古文章神境"（《唐诗别裁》卷四），是有道理的。"希声"，无声，听而不闻的声音，《老子》说："大器晚成，大音希声。""閟"，同"闭"，隐藏；"大朴"，原始质朴之大道；"聋俗"，指流俗之辈。真正原始质朴的大道，正隐藏在奇妙无声的境界中；那些庸俗的碌碌之辈，怎么能感受得到这种境界呢？此四句承上而发，将壮志未酬、知音难觅的感叹与愤激寄予其中，"末结出感慨之意。喻武陵，亦以自喻。"（近人高步瀛《唐宋诗举要》卷一）

评解

这首诗借景抒怀，雅致清远，颇得魏晋诗的遗韵，"寄兴高远，犹有建安遗意"（明孙月峰《评点柳柳州集》卷四十二）。

全篇主旨是"因离索而想其抱负"（唐汝询《唐诗解》卷十），但布局巧妙，层次井然，"首触于雨洒鹊惊，动怀人之念；次阻于雾积波浩，起聚首之思。既美其人有奇抱，末惜其世无知音"（明周珽《唐诗选脉会通》）。此诗风格高古，形神俱似汉魏古诗，读"美人隔湘浦，一夕生秋风"等语，一片化境，全无斧凿之迹，正如高步瀛所言，"风神淡远，意向超妙"（《唐宋诗举要》卷一）。本诗最突出的风格在于一个"清"字，清则峻，清则刚，因而诗中时时透出一种孤傲之气，正是作者愤激悲慨情绪的体现。柳宗元一腔热血，满怀愤激，虽尽力挥洒抒发于山水，但他始终不可能真正拥有如陶渊明那样平和冲淡的心态。

从崔中丞过卢少府郊居

寓居湘岸四无邻，
世网难婴每自珍。
莳药闲庭延国老，
开樽虚室值贤人。
泉回浅石依高柳，
径转垂藤间绿筠。
闻道偏为五禽戏，
出门鸥鸟更相亲。

题解

崔中丞，指永州刺史崔敏，元和三年（808）任永州刺史，元和五年去世。少府，县尉的别称，卢少府指卢遵，他是柳宗元大舅之子，永贞元年伴柳宗元扶老母卢氏来永州贬居。崔敏后娶的夫人卢氏是卢遵的姑妈，也即柳宗元的姨妈。因此，崔敏既是卢遵的姑父，又是柳宗元的姨父（参见刘继源、汤东风《柳宗元诗文研究》）。崔敏与诗人相处较好，应该也与这种姻亲关系有关。这首诗叙事、写景相结合，通过几个具体场景的白描，表现出一种归隐田园、飘然出尘的隐士情怀。

从崔中丞过卢少府郊居 诗意图　杨立对 绘

【句 解】

寓居湘岸四无邻，世网难婴每自珍

“寓居”，寄居，这里指卢遵离开京城，寄居永州。“婴”，缠绕；西晋陆机《赴洛道中作》有“借问子何之，世网婴我身”之语，此处反用其意。首联言卢遵在湘江畔的居所十分清静，四周没有邻居，而世俗社会中的种种罗网，无法干扰其修身养性的心灵，这种洁身自好的幽闲生活是弥足珍贵的。

莳药闲庭延国老，开樽虚室值贤人

“莳”，种植；“延”，延请、邀请；“国老”，古代指朝廷重臣，同时又是甘草的别名。“贤人”，《三国志·魏志·徐邈传》：“度辽将军鲜于辅进曰：‘平日醉客谓酒清者为圣人，浊者为贤人。’”此处一语双关，既指浊酒，又赞贤人。卢遵在种植了药材的庭院中迎接德高望重的崔敏，并拿出家酿的浊酒招待客人。这里诗人通过巧妙的比喻，给崔敏以高度评价，赞其为国老、贤人。此联对偶精工，国老、贤人两语尤为绝妙，宋人黄彻认为：“柳子厚《从崔中丞过卢少府郊居》一联最工，云：‘莳药闲庭延国老，开樽虚室值贤人。’只似称坐客，而有两意，盖甘草为国老，浊酒为贤人故也。”（《䂬溪诗话》）明末黄周星也说：“国老、贤人，天然妙侣，不独对偶之工。”（《唐诗快》卷十二）

泉回浅石依高柳，径转垂藤间绿筠

颈联两句写一路上的景色，泉、径、石、藤、高柳、绿筠，诸种景致都显示出一种田园雅趣，身处其中的诗人一行自然也觉得心清神爽，飘然尘外。这两句也有提起下文的作用：在如此环境中归隐田园、忘却尘世，也应该是必然的选择吧？

闻道偏为五禽戏，出门鸥鸟更相亲

“闻道”，此处有悟道之意；“五禽戏”，传说由汉末名医华佗所创的健身操，锻炼时形如虎、鹿、熊、猿、鸟，故而得名。“鸥鸟相亲”，语出《列子·黄帝篇》：“海上之人有好鸥鸟者，每旦之海上，从鸥鸟游，鸥鸟之至者百住而不止。其父曰：‘吾闻鸥鸟皆从汝游，汝取来，吾玩之。’明日之海上，鸥鸟舞而不下也。”这里是指胸中没有机心的自然无为状态。领悟了某种道理后，就可以锻炼形体、修身养性为己任，忘却机心，胸中坦荡，这样就真正地融入大自然。

评解

有很多评论者看到柳宗元诗学习陶渊明的一面，但多数是指其五言诗，如宋代曾季貍《艇斋诗话》云：“柳子厚《觉衰》、《读书》二诗，萧散简远，纤秾合度，置于渊明集中，不复可辨。”其实柳宗元的七言诗中也有学陶很成功的，本诗就是一例。

本诗是一首七言律诗，表面形式与五言的陶诗迥异，但其中的韵味却有一脉相承之处。诗中极力描摹卢遵摆脱尘网后的欣悦生活，虽然其居所清冷寂寥，但可以心无挂碍、悠然自得。诗中表现了作者对这种生活的向往，读罢令人不由想起陶渊明《归园田居》中“狗吠深巷中，鸡鸣桑树颠。户庭无尘杂，虚室有余闲”、“白日掩荆扉，对酒绝尘想”等诗句。然而柳宗元始终不能彻底放弃仕途的追求，最终既未能东山再起，也没有归隐田园，只能在远谪的边地独自品味着忧怨与苦闷，直至终老。

杨白花

杨白花，
风吹渡江水。
坐令宫树无颜色，
摇荡春光千万里。
茫茫晓日下长秋，
哀歌未断城鸦起。

题解

本诗确切的创作时间不知道，但根据诗意，当作于贬居永州之后，今人王国安《柳宗元诗笺释》即将其置于永州诸作中。

这是一首咏物诗，但其中蕴含典故，一语双关，“杨白花”表面上指一种植物，实际是指北魏胡太后所怀念的情人。《南史·王神念传》：“（杨）华本名白花，武都仇池人，父大眼为魏名将。华少有勇力，容貌瑰伟，魏胡太后逼幸之。华惧祸，及大眼死，拥部曲，载父尸，改名华，来降。胡太后追思不已，为作《杨白花歌辞》，使宫人昼夜连臂蹋蹄歌之，声甚凄断。”诗人借此典故抒怀，心中的哀怨不难想见。

杨白花 诗意图　王兴华 绘

【句解】

杨白花，风吹渡江水

本诗处处双关，而尤当重视隐含的与情人伤别之义。飘摇的杨白花随风渡江是实景，暗指昔日的心上人渡江而去不再回头。

坐令宫树无颜色，摇荡春光千万里

宫中无数的珍奇花木，都比不上杨白花，它使春天的景致格外迷人；英武俊逸的情人，使其他少年俊杰相形见绌，那段两情相悦的时光多么令人怀恋！思绪由当下转回到昔日曾经的美好时光，提起和反衬下文之伤痛。

茫茫晓日下长秋，哀歌未断城鸦起

日色浑茫，秋节已至，哀歌凄婉，连绵不绝；城中昏鸦四起，引起无限伤心。那些美好的日子都已经成为过去，时下的心境如漫漫长秋，萧索寂寥，只能用思恋的哀歌来排遣忧伤。昔日的情人已经永远分离，陪伴自己的，惟有那飞舞的昏鸦。

评解

本诗利用乐府民歌的形式抒发怀抱，颇得乐府遗韵，宋代许顗《彦周诗话》认为此诗“言婉而情深，古今绝唱也”。

诗人以杨白花一语双关，既借杨白花咏胡太后事，又借胡太后与情人分手后的伤痛与哀思，寄托自己远离京都、外放边荒的凄苦心境。清人贺裳《载酒园诗话》说：“柳诗‘杨白花，风吹渡江水……’，真可谓微而显，宛肖胸中所欲者。然不知胡太后事，安知此诗之妙。”古来借女性情怀展现臣子心境的诗文屡见不鲜，此诗亦属其列。不过，诗中由杨白花而及胡太后而及诗人自身，这样三层含义的关联层递，可见作者用心之深。诗只有短短六句，却一波三折，并具有时空的跨越感。先言现实，白花渡江而去；再顺接插叙，回忆当初旖旎春光；再转回现实中的黯然景致。种种伤心，皆不直接道出，而寓于眼中所见、耳中所闻，倍加痛楚。无怪宋代评论家刘辰翁给予此诗极高的评价：“语调适与事情俱美，其余音杳杳可以泣鬼神者，惜不令连臂者歌之。”

溪居

久为簪组累，幸此南夷谪。
闲依农圃邻，偶似山林客。
晓耕翻露草，夜榜响溪石。
来往不逢人，长歌楚天碧。

题解

本诗作于诗人贬居永州时期，依诗题诗意，当作于元和五年（810）秋迁居愚溪初期。据柳宗元《与杨悔之书》记载：“方筑愚溪东南为室，耕野田，圃堂下，以咏至理，吾有足乐也。”愚溪原名冉溪，在永州西南，柳宗元游览之后，爱其风景秀丽，遂迁居溪边，并改名为愚溪。

这是柳诗中为数不多的抒发隐士情怀之诗。全诗呈现出一派冲淡疏散之趣，近人章士钊认为“子厚自表谪居，不一其态，而此云‘久为簪组累，幸此南夷谪’，颇近于隐居求志，自适其适，与平时伊郁自怼者迥乎不同”（《柳文指要 · 通要之部》卷十四）。作此诗时，或许柳宗元将贬谪永州作为人生中暂时的小憩，以后尚有东山再起之时，故而能淡然处之。不过，在这首诗中，诗人常见的郁怨冷峭之情虽然表现得不明显，但亦有痕迹可寻。而当他被流放柳州之后，诗作中就明显多了几分惨淡，其中的怨愤之意也难以扼抑。

溪居 诗意图　王兴华 绘

【句 解】

久为簪组累，幸此南夷谪

“簪组”，本指官员帽子上的冠簪和冠带，借指做官。“南夷”，这里指永州，当时南方地区经济文化落后，被视为蛮夷之地。长期以来，一直在仕途中挣扎，被拖累得身心疲惫，幸亏这次贬谪到南方边荒，可以舒缓一下心情。这两句直接交代心境，虽然用了“南夷谪”这样的字眼，但以“幸”字引起，并且承“累”而来，可见诗人此时的心情相对平和，不过其中自我解嘲之意还是很明显的。清人章燮认为：“谪而曰幸，不怨而怨，怨深矣。”（《唐诗三百首注疏》）这种理解似乎有些求之过深，但也不无道理。

闲依农圃邻，偶似山林客

“农圃”，农家的园地。“山林客”，代指隐士，《韩诗外传》卷五：“朝廷之士为禄，故入而不出；山林之士为名，故往而不返。”诗人闲来无事，与农人为邻，漫话桑麻；偶尔信步山中，不思政事，过着隐士一样的生活。

晓耕翻露草，夜榜响溪石

“榜”，船桨，亦代指船、划船。清晨在田间耕作，翻动带露的青草；夜晚泛舟溪上石边，欸乃声声。章燮评价这两句说：“‘晓耕’一联，言既是山林客，则所事俱是山林矣。‘晓’、‘夜’二字寓日月淹留意。”

来往不逢人，长歌楚天碧

幽静的山林溪水间，诗人独来独往；他在一碧如洗的长空下放声高歌，歌声久久回荡。“不逢人”三字，蕴含孤独寂寥之意，然而能以长歌抒怀解之，可见此时诗人确有洒脱超逸的情怀。

评 解

诗人于永州期间多寄情于山水，除写出著名的一组散文《永州八记》外，还创作了很多相关的诗歌。这些作品情态各异，或含怨怼，或蕴洒脱。总的来说，诗人应当是从大自然中寻求寄托，力图超越现实的忧患，达到天人合一的境界。但他毕竟不能完全不挂怀世事，心中对政事、前途始终还有所牵挂，于是在诗文洒脱的背后，往往可以见到几分苦涩，本诗即为一例。

诗人被贬南夷，但能于山水田园间自得其乐，也可称得上是一件幸事。不过，仔细体会，自可体察这种乐趣中隐含的无奈。因为诗人并不是主动地退隐，而是被贬到此地，由满怀激情的改革者，不得不退而求其次，被迫变成一个与大自然亲密接触的隐士般的逐客。其乐，其幸，其歌，从深层看来都是一种无奈下的自我消遣。柳宗元自己曾在《对贺者》中说："嬉笑之怒，甚乎裂眦；长歌之哀，过乎恸哭。庸讵知吾之浩浩非戚戚之尤者乎？"诗人看似洒脱的言谈举止中，正蕴含了更深的哀怨。清人沈德潜的评价颇中三昧："愚溪诸咏，处连蹇困厄之境，发清夷淡泊之音，不怨而怨，怨而不怨，行间言外，时或遇之。"（《唐诗别裁》卷四）

雨后晓行独至愚溪北池

宿云散洲渚，晓日明村坞。
高树临清池，风惊夜来雨。
予心适无事，偶此成宾主。

题解

这是诗人在永州迁居愚溪后创作的诗歌之一，大概作于前篇《溪居》之后。愚溪北池，当指诗人在《愚溪诗序》中所称的愚池：“愚溪之上，买小丘为愚丘。自愚丘东北行六十步，得泉焉，又买居之为愚泉。愚泉凡六穴，皆出山下平地，盖上出也。合流屈曲而南，为愚沟。遂负土累石，塞其隘为愚池。”本诗语句似随手拈来，毫无雕琢之迹，却又内蕴丰富，意境飘逸，正如明人孙月峰所评价的，具有“澹而腴”（《评点柳柳州集》卷四十三）之美。

雨后晓行独至愚溪北池 诗意图　王兴华 绘

【句 解】

宿云散洲渚，晓日明村坞

“宿云”，昨夜郁积的云；“洲渚”，水中的小块陆地，《尔雅·释水》：“水中可居者曰洲，小者曰渚。”“村坞”，即村庄。清晨的阳光洒满远近的村庄，昨夜积聚在洲渚上空的乌云已消散无踪。晓日使宿云消散，而宿云之起又是因为下雨的缘故，虽看似无意，其实环环相扣，是很高妙的手法。

高树临清池，风惊夜来雨

清澈的水池边耸立着高大挺拔的树木，阵风过处，吹落了昨夜残留在树叶上的雨滴。前三句都是静态的描写，“风惊”一句则转为动态刻画，一个“惊”字，将整个画面写活了。以上两联都是白描景物，不带主观色彩，藉此引出下联物我相得、互为友朋的意旨，明唐汝询赏析说：“宿雨初霁，树间余点未消，风触之而散洒，若惊之使然。对此景而心无挂碍，所遇之物皆良朋也。”（《唐诗解》卷十）

予心适无事，偶此成宾主

诗人独自散步溪边，心如止水，平静地欣赏雨后清新的早晨，体察大自然的奇妙与美好；他静静地面对所有的景物，仿佛与它们互为宾主，成了知心的朋友。这两句颇具哲理意味，具有后人所说的“理趣”。作者用拟人的手法揭示了审美活动中的移情作用，正是诗人心境与景物间的相互交融，才创造出这样一种人与物相得益彰的意境。所谓“美不自美，因人而彰”，正是由于心境的空明，才能体察到宇宙大化的节奏、自然万物的韵律，才能物我交融。这两句与李白诗“相看两不厌，惟有敬亭山”，有异曲同工之妙。

评 解

这首诗写雨后独行所见所感，借鉴水墨写意画法来写景寄情。通过精心捕捉的艺术形象，体现出诗人徜徉山水、心神俱远的思想感情。以无事之心，成宁远之境。高步瀛认为：“（愚溪）诸诗皆神情高远，词旨幽隽，可与永州山水诸记并传。”（《唐宋诗举要》卷一）诗中作者将客观景致与主观情感糅合一处，达到物我浑融的境界，并运用巧妙的构思，将诗题一一落到实处。题目中的“雨后”、“晓行”、“愚溪北池”等语，在诗中都不露痕迹地表现出来。那么，“独至”二字又是如何表现的呢？这层意思其实是通过尾句体现出来的：正由于独至，方可与自然景致互相欣赏，互为宾主。这是作者运思高明之处，前人也已看到这一点，如近人王文濡所评：“心与物化，结句是‘独至’二字反衬法。”（《唐诗评注读本》卷一）

同刘二十八哭吕衡州，兼寄江陵李元二侍御

衡岳新摧天柱峰，
士林憔悴泣相逢。
只令文字传青简，
不使功名上景钟。
三亩空留悬磬室，
九原犹寄若堂封。
遥想荆州人物论，
几回中夜惜元龙。

题解

刘二十八，即刘禹锡，他在同祖父的兄弟中排行第二十八，故称。这是唐人常用的称呼方式。吕衡州，指吕温，字和叔，曾任衡州（今湖南衡阳）刺史。李元二侍御，指李景俭、元稹二人，此时都被贬谪江陵（今湖北荆州）。

吕温与柳宗元的友情十分深厚，两人共同师事陆质，而且有中表之亲（柳宗元有《送表弟吕让将仕进序》，吕让系吕温的四弟），并且还同属王叔文改革集团，在许多问题上的看法一致，关系亲密。永贞革新失败后，八

同刘二十八哭吕衡州，兼寄江陵李元二侍御 诗意图　张明石 绘

司马被贬，吕温也被贬谪，先贬道州（今湖南道县），再贬衡州。元和六年（811）八月，吕温卒于衡州任所，年仅四十。吕温去世后，刘禹锡作《哭吕衡州，时予方谪居》，本诗为和作，大约作于当年秋冬。诗人通过比喻用典，对逝者给予极高的评价，既突出了逝者的影响，又体现了深切的悼念之情，并通过对吕温的悼念，强烈地表达了诗人“不为世屈”的精神。

【句解】

衡岳新摧天柱峰，士林憔悴泣相逢

“衡岳”，指南岳衡山。据《九域志》载，衡山七十二峰，祝融、紫盖、芙蓉、石廪、天柱五峰最大。因为吕温去世时任衡州刺史，所以诗人联想到了衡山天柱峰。在诗人眼里，吕温的过世如同南岳衡山的天柱峰被摧折了一般，士人们形容枯槁、神色悲戚地聚会起来悼念他。作者以夸张的笔法极力刻画吕温的地位和影响，突出吕温逝世是士林的重大损失。他在《唐故衡州刺史东平吕君诔》中进一步描写这一场景：“君之卒，二州（道州、衡州）之人哭者逾月……余居永州，在二州中间，其哀声交于北南，舟船之下上，必呱呱然……”但后来也有人对这种写法提出批评，如苏轼就认为，“柳宗元敢为诞妄，居之不疑。吕温为道州、衡州，及死，二州之人哭者逾月，客舟之道于永者，必呱呱然，虽子产不至此，温何以得之？”（《杂著·柳子厚敢为诞妄条》）其实同为大诗人的苏轼，应该理解柳宗元的写法有艺术夸张的成份，不能简单评为诞妄，正如章士钊所说：“此可以夸张谥之，究不得曰诞妄。”（《柳文指要·通要之部》卷四）

只令文字传青简，不使功名上景钟

“青简”，即竹简，古代用以书写的狭长竹片，代指史书、典籍。“景钟”，春秋時期晋景公所铸之钟，《国语·晋语七》：“昔克潞之役，秦来图败晋功，魏颗以其身却退秦师于辅氏，亲止杜回，其勋铭于景钟。”后来即以“景钟”代指褒功。吕温的文章可以流传后世，可惜他卓越的政绩却不能得到朝廷表彰，被更多人所熟知。吕温任职道、衡二州时，革除积弊，为百姓做了不少实事，得到百姓爱戴。作者认为吕温不仅文章做得好，而且在政治上颇有建树，应该勒名景钟，而在当时，这事显然不能如愿。

三亩空留悬磬室，九原犹寄若堂封

“三亩”，指居所狭小，语出《淮南子·原道训》：“任一人之能，不足以治三亩之宅也。”“悬磬室”，形容空无所有，极度贫困，语出《国语·鲁语上》：“室如悬磬，野无青草，何恃而不恐？”“九原”，春秋时晋国卿大夫的墓地所在，后泛指墓地；“寄”，指吕温身故之后无法归葬故土，只能寄葬于他乡；“堂封”，指坟墓，《礼记·檀弓上》：“吾见封之若堂者矣。”据汉代郑玄注：“封，筑土为垄。堂，形四方而高。”吕温生前勤俭廉洁、生活贫苦，死后也不能归葬故乡，只能魂寄千里之外的任所，令人悲慨。此处作者巧妙地引经据典，既对仗工稳，又用事妥帖，可谓煞费苦心，清代汪森说这两句“用经传事极稳贴”（《韩柳诗选》）。

遥想荆州人物论，几回中夜惜元龙

“元龙”，三国时陈登，字元龙，据《三国志·魏书·陈登传》：“（陈登）在广陵有威名。又掎角吕布有功，加伏波将军，年三十九卒。后许汜与刘备并在荆州牧刘表坐，表与备共论天下人……备因言曰：‘若元龙文武胆志，当求之于古耳，造次难得比也。’”后人常以“元龙”代指英豪人物。诗人遥想在江陵的李景俭、元稹两位朋友，在夜半讨论天下英豪的时候，一定会多次为吕温的去世感到惋惜，正如当年刘备慨叹陈登一样。江陵古属荆州，此处用刘备、刘表评论陈登的典故，比拟江陵二侍御怀念吕温，可谓绝妙。陈登卒年三十九岁，吕温去世时年仅四十，同属英年早逝，将两人相提并论也十分贴切。诗人以这一联收束全篇，并点明题旨，将江陵李元二侍御的情感一并包含进来，既突出了众多友人对吕温的深厚情谊，也通过与陈登的对比，再次彰显吕温的地位与影响。

评解

永贞革新失败后，八司马被贬，此时同为王叔文集团成员的吕温因出使吐蕃未归，躲过一劫，但后来仍被朝廷寻机贬谪。听到吕温去世的消息后，柳宗元十分悲痛，接连写下多篇诗文寄托哀思，除本诗外，还有《祭吕衡州文》、《唐故衡州刺史东平吕君诔》等文章。吕温之死，对柳宗元的影响很大，不仅由于两人的深厚友谊，更重要的是柳宗元从吕温的身上看到了自己的未来。他力图避免这种早逝于蛮荒的结果，但最终没能如愿，他在柳州贬所去世时，年仅四十七岁。

作者在本诗中从不同角度突出了吕温的品行、才能，并处处寄寓哀惋之情，正如明末黄周星所评，“哀挽诗中最为得体”（《唐诗快》卷十）。全诗风格沉郁，用事精工，深沉的情感蕴涵于妥帖的用典之中，情、辞相得益彰。明末蒋之翘认为本诗“使事甚切而且化”（《柳集辑注》卷四十三），是很有道理的。

南涧中题

秋气集南涧，独游亭午时。

回风一萧瑟，林影久参差。

始至若有得，稍深遂忘疲。

羁禽响幽谷，寒藻舞沦漪。

去国魂已远，怀人泪空垂。

孤生易为感，失路少所宜。

索寞竟何事？徘徊只自知。

谁为后来者，当与此心期。

题解

本诗作于永州期间，具体时间当与“永州八记”中的《石涧记》相近，即元和七年（812）秋天。诗中所咏的南涧即《石涧记》中所说的“石涧”。宋代韩醇在《诂训柳集》卷四十二中考证说：“公永州诸记，自朝阳岩东南水行至袁家渴，自渴西南行不能百步得石渠，石渠既穷为石涧，石涧在南，即此诗所题也。”

《石涧记》在记叙了石涧的优美景致之后，称“古之人其有乐乎此耶？后之来者，有能追予之践履耶？”与本诗末尾几句对比一下不难发现，两者中体现的情感有一致之处，都是寄寓情思而期待后来者。所不同的是，游记中作者的情感偏于清幽惬意，而诗中作者的情绪则显得更为清冷落寞。

南涧中题 诗意图 王本杰 绘

【句解】

秋气集南涧，独游亭午时。回风一萧瑟，林影久参差

清人何焯很欣赏这首诗的开端，称其“万感交集，忽不自禁，发端有力”（《义门读书记》）。“秋气”，秋天的气息，语出战国宋玉《九辩》：“悲哉秋之为气也，萧瑟兮草木摇落而变衰。”“亭午”，即正午；“回风”，旋风；“参差”，不齐的样子。正午时分，诗人独自出游南涧，秋日的气息正汇集于此，环境凄清肃杀。萧瑟的旋风过处，林木摇动，树影参差不齐，四周的氛围一派冷清幽寂。

始至若有得，稍深遂忘疲。羁禽响幽谷，寒藻舞沦漪

“羁禽”，离群的鸟；“幽谷”，深谷。“沦漪”，水中的微波。初到南涧即若有所得，深入其中更因揽胜探奇而忘却了疲劳。离群鸟儿的哀鸣在深谷中回荡，清冷的水藻随风摆动，荡起阵阵涟漪。上联仿佛含有欣悦之情，实际是为了反衬此前心情的郁结，并为后文为境所伤做铺垫。宋人刘辰翁云：“精神在此十字，遂觉一篇苍然。”“羁禽”两句纯写景物，但其意承前启后。何焯在《义门读书记》中解释说：“‘羁禽响幽谷’一联，似缘上‘风’字直书即目，其实乃兴中之比也。羁禽哀鸣者，友声不可求，而断乔迁之望也，起下‘怀人’句。寒藻独舞者，潜鱼不能依，而乖得性之乐也，起下‘去国’句。”其论颇可参考。

去国魂已远，怀人泪空垂。孤生易为感，失路少所宜

“去国”，指被贬谪而远离国都。回想自己被贬谪到偏远的南荒，神情恍惚，若魂魄远逝；无比思念远方的亲友，却只能独自垂泪。孤独的人常常容易伤感，仕途失意者做事动辄得咎。这四句中，作者由环境的凄凉引发感慨，倍觉感伤。王文濡认为：“四句触目感怀，是翻因南涧而生愁也。”（《唐诗评注读本》卷一）

索寞竟何事？徘徊只自知。谁为后来者，当与此心期

落到如此萧索寂寞的境地，到底是为了什么呢？一个人在此苦苦的徘徊，其中况味，只有自己知道。如果日后再有贬谪至此的人，一定能体会到我此刻的心情。“索寞”两句由伤感引发思索和追问，并进一步表达出作者苦闷怨怼的心情；“谁为”两句遥寄知音于未来，愈增黯然。王文濡认为：“四句言此索寞况味，惟后来迁谪于此者，当能与我心相合也。结得平淡。”这种“平淡”并非淡而无味的“平淡”，而是不乏韵味、令人回味无穷的“平淡”。作者心中万千苦痛，无从说起，亦无人可诉，只有寄望于将来有同样遭遇的人可以理解自己，这等于说当时几乎没有人可以理解他的心境，其心头的郁结可见一斑。

评解

诗人被长期贬谪南荒，心中的忧愤不平之情无法派遣，屡屡见之于诗。本诗以独游为线，表面说的是山水，实际寄寓的还是这种忧愤情怀。

历来的评论家都看到了本诗托物言情、忧乐相间的特色，苏轼称：“柳仪曹《南涧》诗，忧中有乐，乐中有忧，盖绝妙古今矣。”（宋胡仔《苕溪渔隐丛话》前集卷十九引）明唐汝询说：“因游南涧而写迁谪之意。言此地风景冷落，而我爱之，故始至恍若有得，久则忘倦矣。但悲怀触物而生，即羁禽寒藻动我去国之思，正以孤客易伤，失路鲜所宜耳。今斯情既难语人，诗虽留题，谁谓后来者知我心乎？盖柳州以叔文之党而被黜，悔恨之意，每见于篇。”（《唐诗解》卷十）清贺裳说：“《南涧》诗从乐而说至忧，《觉衰》诗从忧而说至乐，其胸中郁结则一也。”（《载酒园诗话》又编）

诗人在永州时期的多数作品，都是通过写景来委曲地表达情感，而在此诗中，诗人胸中郁积的苦闷和伤痛实在无法扼抑，仅仅借景抒情已经无法充分抒发那深重的情感，所以于写景之后，又直抒胸臆，将自己的孤寂苦楚大声道出。虽然少了些含蓄蕴藉，但也可以说是秉承了乐府古诗直言道之的传统，风格直追汉魏。

入黄溪闻猿

溪路千里曲，
哀猿何处鸣？
孤臣泪已尽，
虚作断肠声。

题解

柳宗元曾于元和八年（813）五月十六日游黄溪，并写有《游黄溪记》。该年秋天，他又随刺史韦彪到黄溪祈雨，并作诗《韦使君黄溪祈雨》。本诗很可能作于是年，但无法确知是哪一次到黄溪所作。黄溪是永州附近一条有名的溪水，“距州治七十里”（《游黄溪记》）。作者游溪闻猿，触景伤情，自感身世，遂成此篇。寥寥二十字，无限凄苦尽蕴其中。

入黄溪闻猿 诗意图　张明石 绘

【句 解】

溪路千里曲，哀猿何处鸣

“哀猿”，楚地古时多猿，柳宗元曾多次在诗文中提及；猿鸣凄切，故称哀猿，《水经注》卷三十四《江水》：“每至晴初霜旦，林寒涧肃，常有高猿长啸，属引凄异，空谷传响，哀转久绝。故渔者歌曰：‘巴东三峡巫峡长，猿鸣三声泪沾裳。’”漫长的小路随着溪水曲折蜿蜒，时而听到凄厉的猿鸣，却不见踪影。

孤臣泪已尽，虚作断肠声

独自漂泊的流放臣子经年苦痛，泪水已干，此时闻猿声而动情，却只能空自唏嘘。此处作者于寻常处翻空出奇，加深了对自身痛苦的艺术表现力。唐汝询评论说：“猿声虽哀而我无泪可滴，此于古词中翻一新意，更悲。”

评 解

在柳宗元的山水诗中，其内心的苦痛凄怨往往是通过用典、象征、比喻以及暗示等手法来表现的，而本诗则承哀猿之鸣，直言其伤心。诗中作者围绕猿声入手，层层递进：先言曲水绵长，路途漫漫，有一种无法到头的感觉，既实指路，又虚指所受的苦难；继而以哀猿声声点题；随后回到自身，虽然多伤心之事，但泪水已流干，无限痛楚，只能虚作哭声。此诗构思精巧，正如清人吴昌祺所说，“此种所谓穷而后工也”（《删定唐诗解》卷二十三）。

零陵早春

问春从此去，
几日到秦原？
凭寄还乡梦，
殷勤入故园。

题解

本诗作于永州，具体年月不可考。零陵，即永州，永州古称零陵，隋唐时这里曾多次改名，永州、零陵是一地而两名。这是一首思乡的绝句，篇幅短小而构思精巧，情深意切。

零陵早春 诗意图　王梦湖 绘

【句 解】

问春从此去，几日到秦原

“秦原”，即关中，唐都长安所在的地方。诗人生于长安，秦原即指他的家乡。这位身处南荒的游子，早早就听到了春天的脚步；春天的脚步从南而北，一定是向着故乡的方向去的，但不知道要多长时间才能到达诗人魂牵梦系的故土秦原？作者以拟人手法开篇，将春天视为可见可感可交流的人，一方面便于引起下文，另一方面也可见作者对故土的思念之深，连无形无迹的春天都被他赋予了生命，以寄托乡恋。

凭寄还乡梦，殷勤入故园

“殷勤”，急切。诗人将回乡的梦境寄托在春天的身上，渴望马上就回到阔别已久的故乡。诗人迁谪边地，无望回乡，然而愈是这样，思乡之情就愈发炽烈。梦回故乡，本不必依托他物，但作者将这个梦托付于春，是因为春天代表着希望。

评 解

古来游宦士人的思乡之作多有佳篇，这首小诗就是其中之一，有独到之处。作者以春归为线索，贯穿全诗，负载浓浓的思乡情，正如明唐汝询所说：“零陵在南，春最早；秦原在北，春稍迟；故问春从此而去，几日而到秦原乎？我欲凭寄还乡之梦以入故园耳。”（《唐诗解》卷二十三）本诗的构思可能借鉴了盛唐诗人岑参的《西过渭州，见渭水思秦川》：“渭水东流去，何时到雍州？凭添两行泪，寄向故园流。”岑参以水寄泪，柳宗元以春寄梦，情意正同。

渔翁

渔翁夜傍西岩宿，
晓汲清湘燃楚竹。
烟销日出不见人，
欸乃一声山水绿。
回看天际下中流，
岩上无心云相逐。

题解

本诗当作于永州时期。柳宗元在永州是闲官，他寄情于山水之间，以排遣时光，抒发郁闷。他笔下清幽寒寂的景致，正是他心情的最佳诠释。本诗中淡淡几笔素描，即渲染出一种疏淡闲散的氛围，渔翁可能是实写，但也不妨视为作者的自喻。

渔翁 诗意图 陈志超 绘

【句 解】

渔翁夜傍西岩宿，晓汲清湘燃楚竹

“西岩”，即“永州八记”中《始得西山宴游记》里所说的西山。“汲”，从井里取水，泛指打水；“清湘”，清澈的湘江水；“楚竹”，楚地的竹子，永州古代属于楚国。首句极平实，将事由交待清楚：渔翁靠着西山停泊过夜。次句则奇峰陡起，将普通的打水、烧火这种事情用“清湘”、“楚竹”这种不同寻常的词句道出，并非炫耀才情，而是因为这两者都寓有高洁之意，以此突出渔翁不同凡俗，品格孤高。显然，这里所写的渔翁，带有诗人自况之意；诗人远谪南荒，地偏心远，但仍志存高洁，不肯与俗流为伍。

烟销日出不见人，欸乃一声山水绿

“欸乃”，象声词，摇橹声。如果说“晓汲清湘”一句以语词见奇的话，那么这两句则以构思见奇。当读者满怀期待一睹渔翁真面目之时，诗人却笔锋一转，告诉读者：日出烟消，其人已去，空余西山湘水。但就在此时，一声橹响，所有的山水仿佛在瞬间焕发了生命的活力，一个“绿”字，意蕴无穷，境界全出，极尽其妙。无怪后来王安石做《泊船瓜洲》时，绞尽脑汁，反复斟酌，终于也选定“绿”字，一句“春风又绿江南岸”遂成千古名句。

作者深得以虚写实、动静相倚之理，先将画面定格，提起悬念：炊烟散去，人迹全无，其人何往？静止的画面背后隐藏着读者的猜测。再以一声摇橹的轻响，打破悬疑：原来渔翁已驾舟远去，而这一声橹响，一动破万静，整个画面顿时生机盎然。虽然已经看不到渔翁在何处，但由橹响可知，其人仍在山水之间，正所谓“只在此山中，云深不知处”。至此，孤寂清高的渔翁形象已经完全融入自然，归为大化，进入了天人合一的境界。

回看天际下中流，岩上无心云相逐

顺流远去的渔翁心中似乎还有所留恋，他回望天际，方才停泊的山岩上，只有无心的白云舒卷，逐舟而来。这句诗取意于晋陶渊明《归去来兮辞》中“云无心以出岫”的句子。从作者的心境来看，他一方面想同渔翁一样，啸歌山水之间，飘然出尘；但另一方面，对曾经投身的事业仍不能忘怀。萧散淡然之外，亦流露出寂寥黯然的情怀。

关于末二句，历来有不同观点，争执不下。宋代苏轼、严羽，明代胡应麟，清代王士禛、沈德潜为一派，认为应当删去这两句。苏轼认为："诗以奇趣为宗，反常合道为趣。熟味此诗有奇趣，然其尾两句，虽不必亦可。"（《全唐诗话续编》引惠洪《冷斋诗话》）严羽也认为："东坡删去后二句，使子厚复生，亦必心服。"（《沧浪诗话》）但也有不少人认为这两句应当保留，南宋刘辰翁，明代李东阳、王世贞等都持类似观点。刘辰翁认为："或谓苏评为当，非知言者，此诗气泽不类晚唐，正在后两句，非蛇安足者。"（蒋之翘《柳集辑注》引）其实就此诗而言，前四句确实可以自成一境，主要表现幽静闲淡之意，而后二句则翻出孤寂萧散之意，又起波澜，所以这两句并非蛇足。明人孙月峰认为，这两句恰是全诗的精妙之处："是神来之调，句句险绝，炼得浑然无痕。后二句尤妙，意竭中复出余波，含景无穷。"（《评点柳柳州集》卷四十三）

评解

在永州期间，诗人的思想性格发生了较大变化，由于知音稀少，他独自体味生活的时间很多，渐渐形成了孤寂清峻的文风。在对事物的认识上，诗人也有了更深刻的理解，提出"美不自美，因人而彰"的观点，由这首诗中，也可以看出诗人的这种审美观念。

这首诗在柳诗中颇为著名，同时也引发了上面提到的争议；参加讨论的人如此之多，正说明这首诗在柳诗中的重要地位。作者通过对渔翁夜宿晓炊然后飘然远去场景的白描，抒发了一种孤芳自赏的情绪。明唐汝询称："此盛称渔翁之乐，盖有欣慕之意，言彼寝食自适而放歌于山水之间，泛舟中流与无心之云相逐，岂不萧然世外耶？"（《唐诗解》卷十八）诗中将渔翁的行止与景致的变幻紧密结合在一起，互相映衬，其背后则表现了渔翁心态的微妙变化。渔翁的形象有作者自况的意味，结合作者在永州时期的心境，不难体会诗中渔翁孤芳自赏的背后那份无奈和萧索。

秋晓行南谷经荒村

杪秋霜露重，晨起行幽谷。

黄叶覆溪桥，荒村唯古木。

寒花疏寂历，幽泉微断续。

机心久已忘，何事惊麋鹿？

题解

在永州时期，柳宗元情绪低沉压抑，避世思想成为他意识中的重要层面，表现在诗歌上，即是落寞幽怨的内容和清冷孤峻的艺术风格。这首诗即为一例。他身在远离政治中心的永州，人生抱负无法实现，无奈之下，选择了幽居避世的方式。但他内心深处仍然渴望有朝一日可以东山再起；诗中虽未明言，但这种曲折复杂的情感隐隐可见。

秋晓行南谷经荒村 诗意图 王兴华 绘

【句 解】

杪秋霜露重，晨起行幽谷

“杪秋”，晚秋，语出《楚辞 · 九辩》：“靓杪秋之遥夜兮，心缭悷而有哀。” 诗人于暮秋的早晨，踏着浓重的霜露，独行在幽深的山谷之中。起笔苍然，杪秋、霜露、幽谷，无一不映衬出诗人幽寂落寞的心绪；而在这种心绪之下，诗人眼中所见各种景致也不免染上清冷的色彩。

黄叶覆溪桥，荒村唯古木

溪桥上满地黄叶堆积，而远处的荒村中，惟有古树萧然。诗人的视点由近而远，满目都是晚秋时节的萧索景象。“覆”字尽显黄叶之多，“唯”字则突出荒村之冷落。

寒花疏寂历，幽泉微断续

“寂历”，凋零疏落。秋气袭来，寒意逼人，花儿纷纷凋落，间或有几朵残留，与时断时续、仿佛即将干枯的幽泉无言相对，更添几许凄凉。此联承续上联，四句诗共同渲染深秋幽谷的幽寂荒凉。

机心久已忘，何事惊麋鹿

在这种荒寂凄冷的环境中，联想到自身，诗人难免自伤身世。突然，一只受惊的麋鹿向远处跑开，引发作者深深的思索。“机心”，机巧功利之心。《庄子 · 天地》：“吾闻之吾師，有机械者必有机事，有机事者必有机心。机心存于胸中，则纯白不备。”作者觉得自己长期偏居一隅，整日寄情山水，修养心性，应该已不再计较仕途得失，再无尘世中的机巧功利之心，可是为何麋鹿见了自己，还要受惊遁去呢？诗句背后，隐隐流露出作者的不平之意。他出尘避世并非出于本心，此时受惊的麋鹿，正说明他并没有完全释怀于所谓的“机心”，人在江湖而仍心存魏阙。而机心的存在，反过来也说明诗人内心深处是不甘心终老于山林的，严酷的现实却一直没有给他机会重归朝堂。

评 解

在永州时期，柳宗元思想中的儒家济世情怀仍然不时闪现，并且还怀有对朝廷的一线希望，但避世思想已成为他意识中的重要层面。永州诗歌整体上呈现出来的清冷孤峻的艺术风格，与这种避世思想有密切的关系。

从表面来看，这首诗的主体是记游山水，但醉翁之意不在酒，山水只是一种烘托和陪衬，作者真正的用意在于借山水以抒情。古人多认为柳宗元与陶渊明一脉相承，其实即以此诗而言，风格可能更接近谢灵运。首联点明题旨，渲染气氛，奠定本诗荒寂的整体格调。颔、颈两联写景，对仗工整，且富有变化，如颔联“黄叶覆溪桥，荒村唯古木”，如果将“黄叶”“古木”“溪桥”“荒村”在位置上进行调换，恰与颈联中的“寒花”“幽泉”“寂历”“断续”一一对应。另外，此诗在炼字上颇为精审，“黄”“古”“寒”“幽”诸字，既是景物的实际特征，又体现出作者的心理特征。末句化用典故而浑然无迹，巧妙地将自己复杂隐微的情感表达出来，实为大家手笔。

江 雪

千山鸟飞绝，
万径人踪灭。
孤舟蓑笠翁，
独钓寒江雪。

题解

这是柳宗元最负盛名的诗。本诗大约作于永州期间，具体年月不可考。诗人谪居永州之后，寄情山水，排遣寂寞，心中的孤苦使得他笔下的山水都带有一种清幽冷寂的特色，仿佛不食人间烟火。诗人常常以渔翁形象自况，以表达自己身处僻境却清高孤傲的情怀，本诗就是很典型的一例。

江雪 诗意图　马援 绘

【句解】

千山鸟飞绝，万径人踪灭

寥寥十字，却给人以巨大的震撼力，“千山”“万径”，尽力拓展空间感，将读者带到一个极其广远寥廓的背景之中。一个“绝”字，一个“灭”字，配合前面的千山、万径，将所有的生机切断，凸显出环境的死寂和神秘，为下文人物的出场作铺垫。可以想见，在此万籁俱寂的静态画面中，即将出现的必将是动感的形象。

孤舟蓑笠翁，独钓寒江雪

与上两句宏大背景形成强烈反差的是，接下来出场的，不过是一舟一人一钓钩，傲对无边无际的天地。这种特写式的描写画面感极强。诗人以静写动，在绝对的沉寂和幽静中，再加以静态垂钓的孤舟蓑笠翁，反而使读者更加注意其中蕴含的动感：大背景下一个小小的渔翁，点活了整个画面，无限生机尽寓其中。尾句神完气足，将前面几句带来的压抑感一扫而空，而代之以一种卓然不群的气魄。不仅如此，尾句兼具韵致，钓雪之雅，已难企及，再加以寒江独钓，更添几分远韵。无怪乎宋人刘辰翁评论说：“得天趣，独由落句五字道尽矣。”（明高棅《唐诗品汇》引）最后这个“雪”字，既点明题旨，又翻卷上去笼罩全篇，尽显诗人运思之巧妙。

评解

诗人谪居永州之后，早年踔厉风发的性格改变了许多，性情愈发沉静孤寂，其心境、气质，往往透过眼中的景致、笔下的诗文表露出来。比如这首诗，诗人以一片静寂的景致、一个清峻的身影、一种孤傲的情怀，深深打动了无数的读者。

这首诗之所以成为千古传诵的名篇，还有一个重要原因在于其“诗中有画”的艺术风格。诗画交融的特色并非王维所独有，本诗也是一首诗情画意相得益彰的佳作。正如明末清初人黄生所说：“此等作真是诗中有画，不必更作寒江独钓图也。”（《唐诗摘钞》卷二）当然，仅仅具有出色的画面感，并不足以使一首诗成为一流作品。此诗中蕴含的诗人“不为世屈”的风骨，是它为世人钦佩的原因之一。诗人刻画了一位在漫天雪色中傲然独钓的渔翁形象，自喻之意十分明显。

这位主人公为什么要独钓寒江呢？清初徐增分析说：“此诗乃子厚在贬时所作以自寓也。当此途穷日短，可以归矣，而犹依泊于此，岂为一官所系邪？一官无味，如钓寒江之鱼，终亦无所得而已。”（《而庵说唐诗》）这种理解有合理的成分，但并未完全道出诗中真意。如果仅仅把寒江独钓当作为官而无所得的隐喻，就完全抹杀了诗人那种执着、顽强、坚定的抗争意识。正是在这种抗争意识的作用下，全诗体现出一种清冷孤峭的风格。沈德潜认为此诗“清峭已绝”，把握住了此诗最突出的艺术特色。而明人胡应麟的评价则从另一侧面说明了这一点：“二十字骨力豪上，句格天成，然律以辋川诸作，便觉太闹。”（《诗薮》内编卷六）王维的诸首辋川绝句，景致与情绪同样空寂清冷，而此诗则于清冷之外别蕴一种情绪，所谓“闹”，从正面理解，可以说正是指诗中蕴含的那种横眉傲视的气骨和随时可能喷薄而出的热情。

这首诗体制短小而意境幽深。清代乔亿认为：“子厚寂寥短章，词高意远，是为绝调。”（《剑溪诗说》卷上）柳集中的绝句短章，确实当以此篇为最佳。

衡阳与梦得分路赠别

十年憔悴到秦京，
谁料翻为岭外行。
伏波故道风烟在，
翁仲遗墟草树平。
直以慵疏招物议，
休将文字占时名。
今朝不用临河别，
垂泪千行便濯缨。

题解

唐宪宗元和十年（815），柳宗元一度奉召回到京师，但很快又与好友刘禹锡一同被贬谪远州，柳宗元出任柳州刺史，刘禹锡出任连州（今广东连县）刺史。两人一路同行，至衡阳分手，刘禹锡的诗《重至衡阳伤柳仪曹》小引云：“元和乙未岁，与故人柳子厚临湘水为别。柳浮舟适柳州，余登陆赴连州。”本诗即作于当时。值此分别之际，两位好友自是相对唏嘘，无限感慨。

衡阳与梦得分路赠别 诗意图　张明石 绘

【句 解】

十年憔悴到秦京，谁料翻为岭外行

“秦京”，秦都城咸阳，此处借指唐都长安。首联十字之中，包含了一段漫长的人生悲剧。柳宗元自永贞元年（805）贬谪永州，在边远的谪地度过了痛苦的十年，其间母丧身衰，不堪回首，可以说是日日辛酸，年年血泪。终于盼到了召还归京的一天，本以为可以从此再登朝堂，有所作为，没料到仅仅数月，就再次被外放柳州。虽然官阶提升了，但去如此遥远的边荒为官，无疑于流放，这证明宪宗已经不准备谅解和起用他们了。如果说贬到永州时柳宗元还心存希冀的话，那么此时的他已经对前途绝望了。

短短的几个月时间里，诗人体会到了由苦闷而狂喜而极哀的巨大转变，这种心理落差无论谁来面对都将是一个严峻的考验。诗人痛定思痛，以平淡的语气叙说这惊心动魄的转变，反而起到了强化的作用，令人愈发感受到其中蕴含的深深创痛。十年永州的艰难困苦，“憔悴”二字岂能涵盖？淡淡的一句“谁料”背后，是诗人的斑斑血泪。

伏波故道风烟在，翁仲遗墟草树平

“伏波”，指汉代伏波将军马援，据《后汉书·南蛮西南夷列传》载：“（建武）十六年，交趾女子徵侧及其妹徵贰反……十八年，遣伏波将军马援、楼船将军段志，发长沙、桂阳、零陵、苍梧兵万余人讨之。”刘禹锡前行的去路，正是当年马援征讨叛乱的路程，因而诗中称为伏波故道。“翁仲”，传说秦始皇开始兼并天下时，有长人见于临洮，身长五丈，足迹六尺，秦始皇令人仿照其形铸成铜人，称为“翁仲”，后来称铜像或石像为“翁仲”，这里当指荒芜墓地前的石像。此诗题为“分路”，柳宗元去往柳州，刘禹锡去往连州，两人在衡阳分别，柳宗元作此诗相赠。这两句都是描述刘禹锡前去的古道荒凉衰败。清人赵臣瑗认为“风烟在”、“草树平”二语“一片凄凉境界，便堪吊出离人无数眼泪”（《山满楼笺释唐人七言律》）。

直以慵疏招物议，休将文字占时名

“直以”，无可奈何之词；“慵疏”，懒散冷淡，不合群。明末清初金圣叹评论此诗时认为“慵疏，一罪也；文字，二罪也。此是先生亲供招状也。除二罪外，先生无罪，信也”，以为这两句是诗人追述自己获罪的缘由。而纪昀则以为这两句是“规之以谨慎韬晦，言已往以戒将来，非追叙得罪之由”，是规劝友人的话。纪昀的理解应该是正确的。因为这首诗是写给刘禹锡的，中间两联都与刘相关。刘禹锡在朝锐意进取，文字激扬，言辞甚利，得罪了不少权贵。刘禹锡被再度贬谪，与他作诗讥刺权贵有关，据《旧唐书·刘禹锡传》载：“元和十年，自武陵召还，宰相复欲置之郎署。时禹锡作游玄都观咏看花君子诗，语涉讥刺，执政不悦，复出为播州刺史。”两人即将分赴贬所，诗人恳切地规劝好友应吸取教训，不要再意气用事。

今朝不用临河别，垂泪千行便濯缨

“濯缨”一语出自古代《孺子歌》：“沧浪之水清兮，可以濯我缨。”相传为汉代李陵所作的《与苏武诗》有“临河濯长缨，念子怅悠悠”句，这两句即本于《与苏武诗》。清汪森认为此诗尾联“结语沉着，翻临河濯缨语，可悟用古之法”。同是离别，李陵诗直言其怅，柳诗则以泪代怨，虽未言怅而怅在其中。金圣叹认为用“濯缨”二字，就可看出柳宗元与刘禹锡是清流而不是浊流，未免求之过深，未必是作者的原意。明人谢榛批评这两句“至怨至悲，太不雅矣”，其实雅俗与否，不能仅就字面来看。诗人在此与知交好友分别，未知他年可否相见，悲从中来，不可断绝，诗中所言“垂泪千行”，正是真性情的表露，如果在此际仍要用一些典雅文饰的说法，那么这种所谓“雅”则不免近于“伪”。

评解

柳宗元与刘禹锡是相交二十年的挚友，两人有共同的政治理想、济世追求，而共同承受的挫折和打击，则使他们的友谊历久弥笃。两人在长期贬谪之后回到京城，不料旋即再放边地。一路患难同行，自是难舍难分。挥泪惜别之际，诗人将对友人的深厚情感尽蕴于诗，诗中有痛惜，有忧虑，有规劝，有伤心。诗中依稀可见作者对前途的失望甚至绝望情绪，此时的离别，不可能有“海内存知己，天涯若比邻”的洒脱意绪，也不可能有“执手相看泪眼，竟无语凝噎”的浪子情怀，而只有失意者对友人的诚挚叮嘱和近乎诀别的伤痛。

重别梦得

二十年来万事同，
今朝歧路忽西东。
皇恩若许归田去，
晚岁当为邻舍翁。

题解

这首诗与《衡阳与梦得分路赠别》系同时所作。虽然同为离别之词，然而意旨颇不相同。如果上篇主要是担心友人、伤感别离，那么本篇则更加突出诗人的愁怨之情。全篇无一怨字，也无一愁字，短小的篇幅中却包蕴了厚重的身世之怨与别离之愁，而其中淡淡的讽刺，更是隐隐透出诗人的不平之气。

重别梦得 诗意图　李也青 绘

【句 解】

二十年来万事同，今朝岐路忽西东

贞元九年（793），柳宗元、刘禹锡同举进士，后来又一起登博学宏词科。此后柳宗元由蓝田尉入监察御史，刘禹锡则由渭南主簿入监察御史，两人一同加入王叔文政治集团，戮力革新，“谋议唱和”，与王叔文、王伾时号“二王、刘、柳”。革新失败后二人遭贬边荒，又同被召回，再同时被贬出京城，算来相交已有二十二年，“二十年”是举其整数。二十多年来，两人同甘共苦，携手沉浮，共同的命运造就了他们“二十年来万事同”的人生际遇。值此分手之际，回想曾经的艰苦努力，如今多付之东流，很多当年力图改正的旧弊复萌，抚今追昔，令人慨叹。此时，两人又要分赴他乡，各自西东，一个“忽”字，流露出诗人对相聚时光的留恋。

皇恩若许归田去，晚岁当为邻舍翁

光阴似箭，二十年弹指一挥间，事功未就，而容颜衰朽，两人再次遭贬边荒，日后能否重逢，全不可知。对未来的茫然，使诗人必须为两人的未来设想出某种希望，于是相约：倘若皇帝开恩允许他们告老还乡，两人一定要在田间作邻居，相伴余生。看似平淡的话语中，充满了不堪离别的伤痛和荣辱与共的真挚友谊。此处的“皇恩”，隐隐透出讽刺和反抗的味道。对于诗人而言，既然不可能再度崛起，那么退隐田园就成了脱身苦海的惟一出路，而这条路，却也只能寄希望于造成他们无限伤痛的皇帝开恩赐予。“若许”二字表明，诗人也明知这种希望十分渺茫。由此，一个无力摆脱困境的旧时知识分子的凄楚神情跃然纸上。

评 解

本诗将复杂委曲的情感蕴于平实质朴的形式之中，以看似普普通通的语言，构造出一个极其丰富的艺术境界，正所谓“满天烟霞，归于平淡”（宋苏轼语）。诗中特别注意对时间的运用，以不同的时间段和时间点的对照来引发读者无穷的想像，清人汪森的品评已指出这一点：“‘二十年’‘今朝’‘晚岁’，笔法相生之妙。”（《韩柳诗选》）

登柳州城楼寄漳汀封连四州

城上高楼接大荒，
海天愁思正茫茫。
惊风乱飐芙蓉水，
密雨斜侵薜荔墙。
岭树重遮千里目，
江流曲似九回肠。
共来百越文身地，
犹自音书滞一乡。

题解

元和十年（815），柳宗元被逐为柳州刺史的同时，其他友人也遭遇相似命运，韩泰为漳州（今属福建）刺史，韩晔为汀州（今福建长汀）刺史，刘禹锡为播州（今贵州遵义）刺史，陈谏为封州（今广东封开县）刺史。因为刘禹锡的母亲年迈，御史中丞裴度和柳宗元等人上书请将刘移到较近处为官，于是改任连州（今广东连县）刺史。漳、汀、封、连、柳州都属于边地，在今广东、福建等省，诸人名为升迁，实遭流放。本诗为柳宗元该年六月到达柳州之后怀念诸位同时南来的同僚所作。漳汀封连四州，代指韩泰、韩晔、陈谏、刘禹锡四位友人。

登柳州城楼寄漳汀封连四州 诗意图 李立公 绘

【句 解】

城上高楼接大荒，海天愁思正茫茫

长途跋涉抵达边远的任所之后，诗人满腹郁结之情，登上柳州城楼，极目远眺，情绪绵延，直至荒远的地平线。“大荒”，语出《山海经》，喻指极其荒远之地。起笔从城上高楼至极远的荒芜，再到天海之间，无限的空间感油然而生，清纪昀称“一起意境辽阔，倒摄四州，有神无迹，通篇情景俱包得起”（《瀛奎律髓刊误》卷四）。而正是在这种空间感之中，蕴含了极度的愁绪，即沈德潜所谓“从登楼起，有百感交集之感”《唐诗别裁》卷十五）。

登高远望本属快事，可以荡涤尘俗，抒发怀抱；但对于愁绪郁积的柳宗元来说，游目骋怀非但没有给他带来遗世独立、羽化登仙的感觉，反而使他愈发感到，上至苍穹、远达碧海的无限空间中都充斥着无穷无尽的愁思。这种愁绪，既是对自己坎坷遭遇的不平，又是对朝廷良莠不分的怨怼；既有对友人的牵挂，又有对故地风物的怀念。所有的一切情感，都化入眼前茫茫的空无辽阔之中。

惊风乱飐芙蓉水，密雨斜侵薜荔墙

“惊风”，急风，突如其来的风；“飐”，风吹物体使其颤动摇曳；“芙蓉”，荷花的别名；“薜荔”，一种常绿蔓生植物，与芙蓉都被视为美好高洁的象征，屈原在《九歌 · 湘君》中曾歌咏：“采薜荔兮水中，搴芙蓉兮木末。”作者在高处眺望，正值疾风骤雨纵横交加，只见荷花、香草都在风雨中飘摇欲坠。这两句明写惊风密雨打击芙蓉、薜荔，暗指美好高洁的事物、人物受到摧折。清沈德潜明确指出：“惊风、密雨，言在此而意不在此。”（《唐诗别裁》卷十五）金圣叹则云：“惊风密雨，全不顾人；乱飐斜侵，有加无已。虽盛夏读之，使人无不洒洒作寒，默默无言。”（《唐才子诗》甲集），可说是道出了其中三昧。

岭树重遮千里目，江流曲似九回肠

诗人登高慨叹，思念旧友，但无奈重重叠叠的岭树不解人情，遮蔽了远望的目光，使无尽的思念无处寄托。而远处曲折宛转的江流，正如一日而九回的愁肠。“江”，指柳江，发源于今贵州省独山县，其上游为融江，融江入广西与龙江汇合后称为柳江，柳州城即在柳江与龙江汇合处。“九回

肠”，指缠结的愁思。这两句写远景，作者目光由近及远，思绪随之宕开，引出下联的感慨。正如近代俞陛云所说：“岭树云遮，所思不见，临江迟客，肠转车轮，恋阙怀人之意，殆兼有之。”（《诗境浅说》丙编）

共来百越文身地，犹自音书滞一乡

“百越”，即百粤，泛指南方的少数民族，这里指作者和友人被流放的地区；“文身”，指当地人断发纹身的习俗。五人同时被贬来边荒之地，却又各自西东，仍然音书阻隔，使诗人内心的伤痛更加深重。近代吴闿生称许此联“更折一笔，深痛之情，曲曲绘出”（《古今诗范》卷十六）。至此，本诗所要表达的谪人之意始现，即王文濡所谓“不明言谪宦而谪宦之意自见”（《唐诗评注读本》卷三）。

评 解

“柳在唐时，为极边”（《柳州府志》卷二八《迁谪》），柳州之行对柳宗元的打击相当大，使他原本对朝廷尚存的一线希望完全破灭。本诗是他到达柳州不久后所作，本以为几位相友善的同僚同到边地为官，可以多多交往，排遣愁绪，但大家天各一方，殊难往来，这使得柳宗元的心情更加沉重。因而，他在本诗中表现出来的景致和心境全无亮色，登高怀远，极目所见是风雨交侵，芳馨不再，再想到友人睽阻，不禁伤神。

明唐汝询对此诗有详细的分析：“此登楼览景慕同类也。言楼高与大荒相接，海天空阔，愁思无穷，惊风密雨愈添愁矣。况岭树重叠，既遮我望远之目，江流盘曲，又似我肠之九回也。因思我与诸君同来绝域，而又音书久绝，各滞一乡。对此风景，情何堪乎！”（《唐诗解》卷四十四）本诗充分体现了柳宗元写作律诗的功力，“属对工稳典切，情景悲凉，声调亦高。刻苦之作，法最森严”（清屈复《唐诗成法》卷十），是柳诗七律的代表作。诗中颔颈两联的意象运用，首尾两联的前后照应，都经过精心安排，再结合全诗中隐含的情绪线索，情景浑融，意境悲慨，呈现出上乘的艺术效果，清吴闿生赞为“非子厚大手笔不能为”（《古今诗范》卷十六）。

柳州峒氓

郡城南下接通津，
异服殊音不可亲。
青箬裹盐归峒客，
绿荷包饭趁虚人。
鹅毛御腊缝山罽，
鸡骨占年拜水神。
愁向公庭问重译，
欲投章甫作文身。

题解

本诗作于柳宗元为官柳州期间。峒氓，指当地少数民族。在诗中，作者描写当地少数民族异于中原的风俗习惯，表达自己身在边地难以适应的苦恼。不过与作者其他反映人生失意痛苦的诗作相比，这种愁苦还算是轻微的，所以诗中也带有一丝自嘲的味道。

柳州峒氓 诗意图　杨立对 绘

【句 解】

郡城南下接通津，异服殊音不可亲

柳州城南有一个四通八达的渡口，四面八方的各族人民汇聚于此；在诗人看来，当地人与中原居民最大的差别就是奇特的装束和怪异的语言。由于语言不通，难以相互交流，使作者很难融入当地社会。这既是出于语言文化的差异，也是出于心理上的隔膜。柳宗元作为曾经名扬朝野的官员，到了百越蛮荒之地，对这方水土这方人民难以亲近，不仅由于语言的隔阂，习俗的不同，更主要的是在心理上一时还很难接受与文化不发达的民族为伍。

青箬裹盐归峒客，绿荷包饭趁虚人

“青箬”，指可供包裹物品、编织等用的箬竹叶片；“归峒客”，回山上去的少数民族。“虚”，同“墟”，若干时日举行一次的集市；“趁虚”就是赶集。这两句表现了少数民族的一些有特色的生活习惯：山民下山赶集，往往是为了购买一些生活用品，他们用绿荷叶包着饭团赶集，而用青箬叶片包着盐巴回山。

鹅毛御腊缝山罽，鸡骨占年拜水神

“罽”，用毛做成的毡子一类的东西。南方少数民族御寒的衣物与中原不同，他们用细鹅毛和布帛缝制成衣物，据唐代刘恂《岭表录异》载：“南道之豪酋，多选鹅之细毛，夹以布帛，絮而为被，复纵横衲之，其温柔不下于挟纩也。”而每逢重要的节日或事情，山民们就杀鸡取骨来占卜，唐段公路《北户录》记载：“南方逐除夜及将发船，皆杀鸡择骨为卜，传古法也。”

愁向公庭问重译，欲投章甫作文身

“重译”，多次翻译或转译，这里指翻译人员。“章甫”，商代的一种冠，后来代指儒者之冠。由于语言不通，柳宗元与当地居民的沟通只能通过翻译人员来完成，极其麻烦，作者对此十分烦恼，因此用“愁”字。语言交流使人愁，奇服异俗不可亲，但诗人又无法离开，于是只能继续忍受这种种不便。时间久了，他不免萌发干脆入乡随俗的想法：既然长期生活在边疆少数民族地区，那么不再固守中原的儒家文化，而融入当地的民间文化中，不也是一种必然的选择吗？

评解

诗第二句称当地的语言、风俗使他觉得“不可亲”，而末句则宣称“欲投章甫作文身”，表面来看似乎是矛盾的，但作者的深意正在此中。柳州地处边远，少数民族聚居，风俗与中原迥异，作者身为刺史，却很难融入其中，从深心来说，也无法真正接受当地的生活习俗，所以有“不可亲”之苦。但他也很清楚朝廷对自己的流放之意，有生之年，恐怕很难再重返中原。既然北还无望，实际上已经与中原文化绝缘，那么何不干脆放弃自己曾经坚守的中原文化，投身到少数民族文化中呢？这种情绪既反映了作者对朝廷的失望和愤激，也包含了无可奈何的哀怨与苦痛，正如吴以梅所说，“中朝既不我与，当逃诸荆蛮，乃愤世无聊之语也”（《唐诗贯注》卷四十八）。从“愁”字、“欲”字中，不难体味到作者的苦恼和矛盾。

柳州二月榕叶落尽偶题

宦情羁思共凄凄，
春半如秋意转迷。
山城过雨百花尽，
榕叶满庭莺乱啼。

题解

本诗是诗人外放柳州后于初春二月触景生情之作，有的版本诗题无“二月”两字。榕树，常绿大乔木，树干分枝多，覆盖面广，生长在热带，旧历二月落叶。诗人独处荒远，触景生情，自伤身世，一腔凄惋寄寓其中，使这首小诗显得韵味深长。

柳州二月榕叶落尽偶题 诗意图 罗驰宇 绘

【句 解】

宦情羁思共凄凄，春半如秋意转迷

“宦情”，此处指作者外放边地做官的心情；“羁思”，旅居在外的思绪。“春半如秋”，柳州二月间雨后花落，榕叶满地，颇似北方的秋日景象，清人黄叔灿曾予以解说：“炎方气暖，春半已百花俱尽，榕叶满庭，萧疏景况，故曰‘如秋’。柳州卑暑之地，言物候之异致如此。”（《唐诗笺注》卷九）另一方面，这也是作者主观情绪的外化，离乡羁旅，边荒宦游，两种忧思叠加，情绪自然低落，虽值春日，仿佛身处穷秋。

山城过雨百花尽，榕叶满庭莺乱啼

“山城”，柳州多山，柳宗元曾在《柳州山水近治可游者记》中提及背石山、驾鹤山、屏山、四姥山等诸多山峰。春天的柳州经雨之后，各种各样的花朵纷纷凋落，正值榕树换叶之时，落叶缤纷，飘散满地。此时入耳的声声莺啼，自有一种悲苦意味。这两句也具体解释了上联中“春半如秋”的含义，并将作者心头郁积的愁绪寄托在景物之中，使全诗首尾相衔，浑融一体。

评 解

本诗是一首短小的七绝，但也看得出作者布局之妙。起笔直接道出宦情羁思令人愁苦，但触发这种思绪的却是“春半如秋”的客观物象。先说受到外界景象影响的主观情绪，再具体描绘这种外界景象，打破了一般诗歌创作先景后情的次序。

“自古逢秋悲寂寥”，已成为墨客骚人对秋日的普遍感觉。自宋玉慨叹“悲哉秋之为气也，草木摇落而变衰”之后，悲秋的情结一直笼罩着中国文人。春日本应是万物竞萌、生机盎然的，而作者在柳州山城却恍惚见到如秋的景致。春天的时节与秋天的景象交错，不由引发了一种惝恍迷离的感觉，宦情羁思之外，更添一层凄迷忧郁。作者眼中的景物显然受到自身愁绪的影响，而眼中景物反过来又加强了自身的愁绪。后两句看似写景，而哀惋之情自蕴其中，正如今人刘永济所说：“此诗不言远谪之苦，而一种无可奈何之情，于二十八字中见之。”（《唐人绝句精华》）

别舍弟宗一

零落残魂倍黯然，
双垂别泪越江边。
一身去国六千里，
万死投荒十二年。
桂岭瘴来云似墨，
洞庭春尽水如天。
欲知此后相思梦，
长在荆门郢树烟。

题解

这是诗人写给从弟柳宗一的送别之作，当作于元和十一年（816）春（据宋韩醇《诂训柳集》卷四十二、元方回《瀛奎律髓》卷四十二等）。当时宗一从柳州前往江陵。诗人知道这次分离可能就是生离死别，因此寄慨深沉，全诗写得悲壮苍劲，字字血泪。

别舍弟宗一 诗意图 于守义 绘

【句 解】

零落残魂倍黯然，双垂别泪越江边

“残魂”，指屡受创伤的诗人自己。“越江”，当指柳江，柳州为百越之地。吴以梅认为：“（柳宗元）别其弟之作也。几番严命摧残，所以惊魂零落，今此离情，倍觉黯然。”（《唐诗贯注》卷十四）多次遭到坎坷命运打击的诗人，精神极其颓丧，现在又要无奈地与从弟在江边别离，更是神伤，两人相对唏嘘，不知此次一别，还有没有机会相见。

一身去国六千里，万死投荒十二年

“六千里”，指柳州距离京城长安大约六千里，据载，“（柳州）去西京五千二百七十里”（《通典·州郡》十四），六千是举其整数。“十二年”，指从永贞元年（805）到元和十一年（816）。诗人离开京城，远去五六千里外的边城任职，已经度过了十二个难挨的春秋。此联具体抒写诗人当下的艰难境遇，六千里、十二年两个数字极写时空之久远，也使人感受到诗人蒙受的苦难之深重。“一身也而至于万死，去国也至于投荒，六千里也至于十二年，其魂有不零落者乎？”（清赵臣瑗《山满楼唐诗笺注》卷四）这种写法后来很多人都运用，如苏轼“七千里外二毛人，十八滩头一叶身”（《八月七日初入赣过惶恐滩》），陆游“七千里外新闲客，十五年前旧史官”（《闲中偶题》）。但说到沉痛感人，还要首推柳诗这两句。

桂岭瘴来云似墨，洞庭春尽水如天

“桂岭”，在今广西贺县东北，这里是泛指柳州山岭；“瘴”，瘴气，指南方山林间湿热、能致病的空气。“洞庭”，代指楚地，是柳宗一将要前往之处。“桂岭句”是写“自己留柳”，“洞庭”句是写“弟之楚”（清沈德潜《唐诗别裁》卷十五）。此联明写柳州、楚地两处风物不同，实际上寄寓了诗人对自己处境的不平与对美好生活的渴望。柳州环境险恶，瘴疠来时，云呈墨色。楚地则气候宜人，宗一抵达时应该正值春尽夏来，洞庭湖波光潋滟，水面明净如天。两相对比，令诗人生出无限怅惘。

欲知此后相思梦，长在荆门郢树烟

既然别离无法阻挡，诗人只能寄希望于来日重逢，他遥想今后相思的梦境中，兄弟二人一定会在荆郢间的迷蒙山水之中相逢。柳州、楚地相距千里之遥，相见不易，也只能于梦中一慰相思之情了。诗人不愿从弟在梦中南来

桂岭，宁愿自己北上洞庭，既有为从弟考虑恐其受苦之意，又深深地寄寓了自己的欣羡之情：既然楚地风物佳美，那么自己就在梦中远渡荆郢，与兄弟相会在迷离的烟树中吧。

评解

这是一首悲愤而哀婉的送别诗，诗人将己身的愁苦情绪融入离别，开篇就极力刻写自己的痛苦已至极限，随后再加上离别之痛，其时惨淡悲凉的心境，可以想见。首联中种种情状，处处叠加，极言其黯然：“既曰残魂矣，又曰零落者，言余一身被斥，魂已惊断，零星散落，万万不堪再增苦恼，今又遭舍弟之别，双垂泪眼，故曰倍黯然也。”（清朱三锡《东岩草堂评订唐诗鼓吹》卷一）颔颈两联承续首联，先言己苦，再恨离别，“‘去国’，言其远；‘投荒’，言其久；‘云似墨’，言不可居；‘水如天’，言不得归。弟兄远别，后会无期，殊方异域，度日如年，真一字一泪也。”（同上）尾联则再进一步，将现实中无法实现的想法托之于梦，希望与从弟相逢于荆郢烟树之间，这可以说是作者“望乡”情结的变相表达：只要能离开柳州向北，哪怕不能回到家乡，也远胜现在。清人赵臣瑗详细分析了诗人的这种心态：“瘴云如墨，春水如天，二境并举，美恶判然。今也弟固不堪伴兄，兄又不能就弟，其泪有不双垂者乎？一结趁势回抱，言只有梦中相见之一途而已。夫相思云者，兄既思弟，弟亦思兄也。今乃曰‘长在荆门郢树烟’，是但容兄之梦越洞庭而去，不愿弟之梦踰桂岭而来也。先生之不安于柳如是。”（《山满楼唐诗笺注》卷四）

现实如铁，梦想难圆，诗人的苦难遭遇令人扼腕叹息。但另一方面，诗穷而后工，诗人如果没有如此的苦痛经历，很可能也就不会有如此椎心泣血的佳作问世，正如清人吴昌祺所说：“子厚本工于诗，又经穷困，益为之助。柳州之贬，未始非幸也。”（《删订唐诗解》卷四十四）

登柳州峨山

荒山秋日午，
独上意悠悠。
如何望乡处，
西北是融州。

题解

峨山，柳州境内山名，柳宗元《柳州山水近治可游者记》：“峨山在野中，无麓，峨水出焉，东流入于浔水。”这是一首情深意切的思乡之作，诗人并没有用浓墨重彩来渲染其怀恋故土的情绪，但一句“西北是融州”，已足以令人肠断。

登柳州峨山 诗意图　王兴华 绘

【句解】

荒山秋日午，独上意悠悠

柳宗元的山水诗，常常清晰地点出季节和时令，而无论春夏秋冬，往往被他注入极强的主观色彩。秋天本可以是充满欣悦的丰收季节，但在诗人的眼中，并非如此，起首一个“荒”字，奠定了全诗的基调。在秋日的正午独游荒山，令人想起诗人在永州时期所写山水诗中常见的场景：独游情绪和这种情绪映照下的清冷景致。这首五绝将具体景物全部舍去，没有任何细节描写，而“悠悠”二字韵味深长，既有闲来无事的悠然，又有无聊之至的闲散，还令人联想到独游山水引发的悠悠思绪。这悠长的思绪将诗人的心事片片串起，一直牵引到他魂索梦萦的故乡。

如何望乡处，西北是融州

“融州”，今广西融水苗族自治县，据《元和郡县志》卷三十七《融州》：“（唐高祖）武德四年，于义熙县复置融州，因州界内融山为名。”对于浪迹天涯的诗人而言，独自思乡别有一种甜蜜的残酷，种种往事的回忆令人心醉神驰，而无法返回故土的现状却使人无限神伤。这种混合着幸福感的伤痛花费多少笔墨来描摹都不为过，而此时作者却使用类似山水画中的留白手法，并没有只言片语抒写心境，而仅仅用一句极为普通的自问自答，将无穷的想像空间留给读者。回首西北眺望故乡所在的方向，山水茫茫之中，却只看到附近的融州，故乡则在目力不可及的更远处。这个现实，足以将任何美好的梦想打碎。

评解

柳宗元游历山水的诗文，几乎没有一首是表现纯粹的游赏之乐的，他心境最好时所写的诗，也不过如苏轼评《南涧》诗所云，“忧中有乐，乐中有忧”。失意的愁怨和思乡的怅惘始终萦绕在他的心头，挥之不去，在每首山水诗的背后，都隐约可见。

本诗语言浅近自然，但富有远韵，隐藏于诗句后面的绵绵情思，使平凡的语词焕发出动人的色彩。吴昌祺评论说：“眼前妙语，何其神也。”（《删定唐诗解》卷二十三）所谓“妙语”，并非指炼字炼句精奇，而是指其平凡中见出不平凡的神韵。在《诗经·蒹葭》中，抒情主人公思恋在水一方的伊人，属于可望而不可及，而此处诗人思恋故乡，却是可思而不可望，那种伤痛，又怎么可以指望炼字炼句就能道出呢？

得卢衡州书因以诗寄

临蒸且莫叹炎方，
为报秋来雁几行。
林邑东回山似戟，
牂牁南下水如汤。
蒹葭淅沥含秋雾，
橘柚玲珑透夕阳。
非是白蘋洲畔客，
还将远意问潇湘。

题解

据宋人韩醇《诂训柳集》卷四十二考证，这首诗作于元和十一年（816）秋。卢衡州，不详其人，当是做过衡州刺史的卢姓朋友。卢写信给柳宗元，抱怨所在的衡阳气候炎热难耐，诗人在答诗中告诉他柳州的环境更加恶劣，并表示十分羡慕他所在的湖湘地区的景色。

得卢衡州书因以诗寄 诗意图　王梦湖 绘

【句 解】

临蒸且莫叹炎方，为报秋来雁几行

“临蒸”，衡阳的古称，这里即指衡州。“秋来雁几行”，一种解释是衡阳南有回雁峰，传说北雁南飞越冬，至此气暖，不再南飞而北归；另一种解释是以雁代指书信。两说皆通，但以前者为佳。诗人回答衡阳的卢姓朋友说：你不要抱怨衡州的炎热了，你那里到了秋天，总还可以见到南飞的北雁吧？言下之意，衡州虽热，毕竟还有雁归，而柳州更在南方炎热之地，连南归的大雁都不愿意去。和柳州相比，衡州已经是很幸福的所在了。

林邑东回山似戟，牂牁南下水如汤

“林邑”，地名，在今越南中南部，《旧唐书·地理志》：“岭南道林州，隋林邑郡。贞观九年，绥怀林邑置林州，寄治于驩州南界。”“牂牁”，江名，南流入广西，下番禺入南海；“汤”，热水。此联详写柳州的环境险恶：东临林邑，山势险峻，高耸入天，如剑如戟；南接牂牁，江流急下，水沸如汤。

蒹葭淅沥含秋雾，橘柚玲珑透夕阳

“蒹葭”，荻和芦苇，两种水草；“淅沥”，象声词。上联写柳州之劣，此联则写衡州之美：秋雾濛濛中，蒹葭随风淅沥作响；在夕阳的映照下，玲珑的橘柚闪着微光，景色如画。也有人认为这两句仍写柳州风土之恶，但细味诗意，还是以理解为描写衡州为宜。

非是白蘋洲畔客，还将远意问潇湘

“白蘋洲畔客”，指南朝诗人柳恽，柳恽是河东解人，曾任吴兴太守，作《江南曲》：“汀洲采白蘋，日落江南春。洞庭有归客，潇湘逢故人。”柳恽与诗人同姓，郡望也都是河东，所以此处借柳恽以自喻，十分贴切。虽然诗人并没有如柳恽一样出守江南，无法在洞庭湖畔与故人相见，但对友人的深情厚意却一直长存，借此诗向远在潇湘的朋友致以问候。此联巧妙地化用了柳恽《江南曲》。

评 解

本诗酬答友人，以柳州之恶劝慰身在潇湘的友人知足长乐。全诗意境舒朗晓畅，风神高举，意象鲜活，炼字精工。这样情绪相对欢快的作品，在柳诗中并不多见。

诗人运用对比的方式，突出柳州与衡州不同的风物，既是对友人的劝慰，又是对自身的嗟叹。本诗在结构上煞费苦心，以友人一方缺席对话的形式构造全诗，一报一问之间，层次井然。清赵臣瑗指出："二之所谓报，报以三、四之柳州风土也，句法顺。八之所谓问，问其五、六之临蒸景物也，句法倒。"（《山满楼唐诗笺注》卷四）朱三锡也做过具体分析："一、二因卢衡州有书而报之也。三、四因卢衡州叹临蒸之热而自言柳州之山水尤为不堪也。五、六又因柳州之不堪而致问临蒸也。故云'还将远意问潇湘'也。"（《东岩草堂评订唐诗鼓吹》卷一）这两段分析可供参考。

与浩初上人同看山寄京华亲故

海畔尖山似剑铓，
秋来处处割愁肠。
若为化得身千亿，
散上峰头望故乡。

题解

浩初，长沙龙安海禅师弟子，与柳宗元相识于永州；上人是对僧人的尊称。元和十二年（817）秋，浩初前来柳州拜访柳宗元，本诗当作于会面期间。柳宗元还作有《送僧浩初序》，称其“闲其性，安其情，读其书，通《易》、《论语》。”诗人与浩初同看山景，因而思恋故土，赋成此篇。

与浩初上人同看山寄京华亲故 诗意图　于守义 绘

【句 解】

海畔尖山似剑铓，秋来处处割愁肠

“铓”，刀剑等的尖锋。柳州多山，且山势险峻，诗人在《得卢衡州书因以诗寄》中说过“林邑东回山似戟”。古人认为五岭以南地区近海，称为岭海，所以诗中把柳州称为“海畔”，意在说明其地处偏远。诗人与浩初同观直耸入云的高山，不由得感慨万千。诗人身处南疆，思念故土却不能归去，于是在他眼里，这座座尖山，都仿佛是锋利的刀剑，在切割他的寸寸愁肠。后来苏轼也写过类似的诗句“割愁还有剑铓山”。开篇这两句奇峰突起，情绪激昂。

若为化得身千亿，散上峰头望故乡

“若为”，怎能；“化得身千亿”，这里借用佛教典故，佛典说佛有千百亿化身，用以普度众生，如《坛经》：“于自色身，归依千百亿化身佛。”这两句则承上文所说的“愁”而来，点明思乡之愁令人难以扼抑，诗人恨不能像佛那样化身千亿，散落在每一座山峰的峰顶北望故乡，以慰思乡之苦。

评 解

此诗篇幅短小，其中孕育的情感却十分丰富激烈，而且层层推进，愈出愈奇，将诗人对现实处境的愤懑和对故土的急迫思恋都充分体现出来。所谓愁肠，不仅仅是单纯的乡愁，更有对自己两受贬谪的怨怼，以及无法解脱的精神痛苦。

明代瞿佑评诗说：“或谓子厚南迁，不得为无罪，盖虽未死而身已上刀山矣。此语虽过，然造作险诨，读之令人惨然不乐”（《归田诗话》）。诗人生活充满痛苦，不仅是身体上的伤痛，更有精神上的痛苦，实无异于身处炼狱。由于浩初是位禅师，精通佛典的诗人便突发奇想，引出化身千亿之喻，显得自然顺畅。不过佛家讲求四大皆空，心境平和，而诗人在此诗中的情绪却异常激烈，与佛家境界可谓相去甚远。由此也可知，他只是精通佛理，而绝非佛教中人，佛教对他的精神安慰作用是很有限的。虽然诗人在柳州时期常常表现出一种顺应天命的姿态，但实际上他心头的郁结始终没有得以舒缓和发泄。他到柳州仅四年即殁于任上，原因既有物质条件方面的，也有精神方面的。

柳州城西北隅种柑树

手种黄柑二百株，
春来新叶遍城隅。
方同楚客怜皇树，
不学荆州利木奴。
几岁开花闻喷雪，
何人摘实见垂珠？
若教坐待成林日，
滋味还堪养老夫。

题解

本诗具体创作时间无考，宋代韩醇《诂训柳集》卷四十二认为作于元和十三年（818）春，但也没有确实的根据。诗人借种树为由，先抒发自己忠贞高洁的志向，转而又转入现实，对自己的未来充满迷茫。诗人的情绪较为和缓，但也绝非心平气和、顺天安命，只不过表现形式更加含蓄而已。

柳州城西北隅种柑树　诗意图　于守义　绘

【句 解】

手种黄柑二百株，春来新叶遍城隅

身为柳州刺史的诗人，亲自带领大家在州城的西北角种植了柑树二百株；春风过处，绿叶萌发，城中平添几分春意，真令人心旷神怡。首联点题，引入生机盎然的春意，反衬后文作者低落的心情，手法上先扬后抑。

方同楚客怜皇树，不学荆州利木奴

“楚客”，代指屈原；“皇树”，指橘树，屈原《九章·橘颂》：“后皇嘉树，橘徕服兮。受命不迁，生南国兮。”“木奴”，也指柑橘树，据《三国志·吴书·三嗣主传》裴松之注引《襄阳记》，汉末丹阳太守李衡令人种柑橘千株，希望为不治产业的妻儿留下些财产，临死时对儿子说：“汝母恶我治家，故穷如是。然吾州里有千头木奴，不责汝衣食，岁上一匹绢，亦可足用耳。”吴末，李衡种的这些柑橘长成，每年可得绢数千匹，家道由此殷实。但“荆州利木奴”可能指的是唐代的一个故事，据《太平广记》卷四一五《崔导》条：“荆州有富人崔导者，家贫乏，偶种橘约千余株，每岁大获其利。”这段记载出自晚唐人所撰《潇湘录》，但这个故事在柳宗元的时代可能已流传。种植这么多柑树，诗人的目的不是像李衡或崔导那样牟利，而是效仿屈原，以此寄寓自己的才德。两句正反相比，突出诗人高洁的精神追求。

几岁开花闻喷雪，何人摘实见垂珠

“喷雪”，比喻花盛开的情状；“垂珠”，比喻果实累累的样子。诗人亲手种植了柑树，但等到它们开花结果之时，却不知是何人可以受益？两句互文见意，将种树后的期待置于询问之中，隐含了对自身命运不可知的悲观情绪。花开果熟之时，不知自己身在何处，甚或是否仍在人世。诗人自感身世悲凉，又无力摆脱，这给他带来了深深的痛苦。

若教坐待成林日，滋味还堪养老夫

如果真能等到这些树木成材的那一天，丰收的果实也可以使自己得到一点满足吧？诗人预感到前途叵测，但他又通过这种联想给了自己一线希望，而这一线希望所带来的，其实正是诗人不想过的生活：如果在任上遽然辞世，自然等不到成林之日，这显然不是诗人所想要的；但如果能够等到成林之日享用果实，则表明诗人仍然居留蛮荒，在痛苦中挣扎，这也不是诗人所期望的——而这后一种情形，可能是诗人在活着的大前提下的最坏选择。以自己并不想过的生活场景，作为自己未来的希望，可知诗人心境何其悲苦！

诗人真正的希望当然是重回政坛，一展抱负，不过他自己很清楚，这种可能性几乎不存在，于是不堪忍受的当下，反而成了他未来的期望。这绝不是心气平和的表现，恰恰是愤激之至转而平淡道出之语，正如他自己所说："嬉笑之怒，甚于裂眦；长歌之哀，过于痛哭。"清何焯《义门读书记》评论道："结句正见北归无复望矣，悲咽以谐传之。"诗末句那一点点自嘲的"谐"意，其实正是嬉笑之怒、长歌之哀。清姚鼐《今体诗钞》中也指出这一点："结句自伤迁谪之久，恐见甘（同'柑'）之成林也。而托词反平缓，故佳。"

评解

本诗除首联纯写景外，其余三联皆蕴言外之意，须反复体会方可察觉作者用心。吴闿生认为"深文曲致，盖恐其久谪不归，而词凡和缓，所以妙也"（《古今诗范》卷十六），这种理解着实道出其中三昧。诗中叙事用字皆娓娓道来，并无奇峭愤激之语，粗看似无深意，但仔细玩味，就可体会到诗人隐藏在寻常话语中的无奈、悲凉甚至绝望。诗人久谪边荒，环境的恶劣与心境的苦闷使他始终无法适应这种生活。内心的痛苦无法排遣，归乡的希望日渐破灭，只好投身于山水树木之中，聊寄余情。种树虽然闲放自得，也的确有利于当地百姓，但这与诗人心中真正的追求显然相去甚远，这种无奈之举的背后则是诗人痛苦自伤的内心。颈联中的询问，尾联中的假设，正是作者失望之至而对前途甚至对生命全无信心的表现。

种柳戏题

柳州柳刺史，种柳柳江边。

谈笑为故事，推移成昔年。

垂阴当覆地，耸干会参天。

好作思人树，惭无惠化传。

题解

本诗作于作者为官柳州期间，但具体年月不可考。从内容上来看，似乎作于柳州后期。作者以戏谑的口吻，谈及以柳为中心的种种巧合，初看似乎没有什么深意，细细品味，则不难发现其中寄托了诗人欲造福一方百姓的宏愿。

有人认为，本诗系作者追忆吕温戏语“柳州柳刺史，种柳柳江边。柳馆依然在，千株树拂天”而作（宋范摅《云溪友议》及魏濬《峤南琐记》），但这种看法明显不能成立，因吕温去世在柳宗元出任柳州刺史之前。另有人认为，上面引述的四句是柳州百姓歌颂柳宗元德政的歌谣（宋刘斧《青琐高议》），但亦无实据。

种柳戏题 诗意图 罗驰宇 绘

【句解】

柳州柳刺史，种柳柳江边

柳州姓柳的刺史，率众在柳江边种柳树，这的确是件非常有趣的事情。本诗以“戏题”为名，作者以“柳”为切入点展开话题，叠用四个“柳”字，形成一种活泼机敏的效果。

谈笑为故事，推移成昔年

此时此地，人们以这四“柳”的重合为谈资。但转瞬间这些街谈巷议都会成为往事，随着时光流转，今日的一切都将成为记忆。颔联一笔宕开，将戏笔迅速拉回到严肃的话题，借时间的流逝将画面推远，使人不禁产生深沉的历史感和厚重感。

垂阴当覆地，耸干会参天

诗人遥想，在很久以后，今日种下的垂柳应当成材，茂密的浓荫一定低垂到地，为后人遮蔽阳光，耸立的树干也必定可以直插云霄。此联明写柳树，实际上借物喻人，以日后柳树的枝繁叶茂，喻指自己这位柳刺史在任上卓有政绩，造福一方。这两句隐隐透出对自身的期望。这种相对高昂、有所期许的情绪，在柳诗中实不多见。

好作思人树，惭无惠化传

“思人树”，周朝时，召公曾在住所旁的小树下处理政事，后来人们为了纪念他的业绩，善待这些树木，不予砍伐，即《诗经 · 召南 · 甘棠》所云：“蔽芾甘棠，勿翦勿伐，召伯所茇。”诗中用这个典故来借指自己在柳州所种柳树。作者承接上联，引用召公故事，希望自己能有所作为，使百姓受益，日后当地人也可睹物思人。随后笔锋一转，又自惭没有足够的惠绩德政，怎么能和千载以前的召公相比呢？

评解

外放柳州使柳宗元深受打击，但他毕竟是一位抱持儒家经世原则的士大夫，苦闷之余，他觉得作为一州长官，应认真施政，有所作为。正因如此，诗人没有自暴自弃，而是决心为当地百姓做些实事，种柳不过是其中一件小事而已。如今柳树已经成为柳州的市树，可以说正是当年诗人种柳的影响。

作者从与“柳”相关的巧合入手，以平常之笔写平常之事，虽自言“戏题”，却没有丝毫矫揉造作的感觉，正如明人孙月峰所说，“兴致洒脱，正以戏佳”（《评点柳柳州集》卷四十二）。不过诗人并没有简单停留在种柳之事本身，而是将此事与施政惠民的理念紧密结合，将“戏题”可能产生的轻率浮滑化为无形。同时通过时间坐标的变换，将自己的理想抱负隐含在对先贤的缅怀和对未来的展望之中，不仅使全诗浑融一体，更提高了本诗的境界和品位。

酬曹侍御过象县见寄

破额山前碧玉流，
骚人遥驻木兰舟。
春风无限潇湘意，
欲采蘋花不自由。

题解

象县，今广西象州，当时属柳州管辖。曹侍御，作者的友人，生平不详；侍御，唐代称殿中侍御史、监察御史为侍御。这是一首回赠曹侍御的诗，含蓄委婉而极具美感，得到后世评论者很高的评价。

酬曹侍御过象县见寄 诗意图 张明石 绘

【句 解】

破额山前碧玉流，骚人遥驻木兰舟

“破额山”，诸家解说不一，或认为是广西象县界内一山，或认为是广西黄梅县内一山，一般认为前一种说法较为合理；“碧玉”，形容江水碧绿澄澈。“骚人”，屈原曾作《离骚》，后世遂称善诗赋者为骚人，这里指曹侍御；“木兰舟”，古代对船的美称，此处指曹侍御所乘坐的船。诗一开篇，即描绘出优美的画面：山前碧水荡漾，水上兰舟一叶，具有浪漫情怀的骚人凭舟而立；而水称碧玉，舟号木兰，人为骚客，读来口角噙香，一股雅秀之气透纸而出。曹侍御为何驻舟他处，诗人没有明示，给读者留下了足够的猜测空间。

春风无限潇湘意，欲采蘋花不自由

“潇湘意”，南朝柳恽《江南曲》云：“汀洲采白蘋，日落江南春。洞庭有归客，潇湘逢故人。”参见前面对《得卢衡州书因以诗寄》诗的解说。此处借柳恽诗意，表达思念友人的意绪。在大好的春光中，诗人接到友人的赠诗，不禁心旷神怡，欲有所回报。“春风”，从字面理解为美好的春色，也可从隐喻层面理解为政治上的好消息；因为曹侍御自京城而来，主动赠诗，或许预示着诗人有被重新起用的可能。诗人对友人的思念绵长，本可借这次机会相逢，无奈为职事所累，不能如愿，深觉可惜。

对这两句诗，也有不同的理解，认为是以“潇湘”代指曹侍御所来的方位，诗人欲采蘋花自献而不得，如周珽在《唐诗选脉会通》中说：“采蘋花者，喻自献也。《左传》：‘蘋蘩荇藻，可羞于王公。’盖曹在湖湘，暂过柳州象县，诗意欲自献于曹，怀意无限，而拘于官守不自由也。”这种解释亦可参考。

评 解

这首诗颇得后人欣赏，清人方东树将这首诗列为唐诗七绝的压卷作品之一，与李益的《夜上受降城闻笛》、刘禹锡的《石头城》、杜牧的《泊秦淮》等并列（《昭 詹言》卷二十一）。近人俞陛云也认为：“柳州之文，清刚独造，诗亦如之，此诗独淡荡多姿。《楚辞》云：‘折芳馨兮遗所思。’柳州此作，其灵均嗣响乎？集中近体皆生峭之笔，不类此诗之含蓄也。”（《诗境浅说续编》）认为此诗继承了屈原的遗韵。

前人这些评价并非溢美之词，读者的确可从此诗中领会到无穷的韵味、高妙的意境。诗人以清新秀美的笔调构造了一个以水为背景的画面，山色、舟影、蘋花、骚人掩映其中，春风骀荡，物色迷人。而无论是彼端的曹侍御，还是此端的诗人自己，在这种氛围的映衬下，都显得品格清远。曹侍御自京城而来，可能因为肩负使命，只能在距诗人不远的地方驻足，寄赠诗篇以传递思念之情，其不自由感自然可见；而诗人虽知友人即在不远处，但为职事所系，也不能脱身前往，同样是不自由的，只能回赠诗篇以抒怀。“无限潇湘意”指双方相互间的思念之意和仰慕之情，而“不自由”也是彼此相同。两人相隔碧水，互致相思，虽为雅事，但其中也隐含了不得相见的无奈。诗人将丰富的情感和思绪蕴于景致之中，形成情含景中、意在言外的艺术特征，令人回味无穷。宋顾乐在《唐人万首绝句选评》中评价说：“风人骚意，百读而味不穷，真绝作也。”

种木槲花

上苑年年占物华，
飘零今日在天涯。
只因长作龙城守，
剩种庭前木槲花。

题解

本诗作于柳宗元为官柳州期间，具体时间也不可考。木槲，多年生兰科草本植物，花可观赏，茎可入药，多生于古树朽壤中。在柳州期间，诗人写了不少种植诗，种柳、种柑、种花，其中都蕴涵了诗人的某种情绪。本诗以种花为题，其实也是抒发意气之作，通过京城与柳州、昔日与今朝的对比，生发无限感慨，反映了诗人被迫疏离于政治中心而寄情花草的无奈。

种木槲花 诗意图 张明石 绘

【句 解】

上苑年年占物华，飘零今日在天涯

“上苑”，京城中的皇家园林。诗人最初的政治生涯是十分顺利的，先由进士出身授集贤殿正字，一度为蓝田尉，回朝任监察御史里行；后加入王叔文政治集团，再升为礼部员外郎。当时的诗人与朋辈彼此邀约，遍游京都美苑名园，饱赏珍稀花木器物，那是何等的意气风发！而如今物是人非，京城的园林物华依旧，自己却孤身飘零在极远的边地，回想曾经的峥嵘岁月，不免黯然神伤。

只因长作龙城守，剩种庭前木槲花

“龙城”，柳州郡名，代指柳州。“剩种”，多种，“剩”此处意同“盛”。诗人久在远离京城的南荒边地为官，早年的凌云壮志都已淡去，现在百无聊赖之下，只能在庭前多种木槲花来排遣情思。

评 解

元和十年（815）外放柳州刺史之后，诗人一直坚守的经世信念发生了动摇，他开始怀疑自己的前途，曾经的雄心壮志也消逝殆尽，惟余满腹的消沉无奈与间或发出的愤激之语。

本诗寥寥二十八字，包含了大跨度的时空转移和心态变化。昔日上苑花似锦，风华正茂的诗人四处交游，春风得意；而此时他却独在异乡，山穷水恶，如此鲜明的对比，凸现了诗人巨大的心理落差。巨大的变化背后，必然有种种不堪回首的伤心往事、无数难以言表的悲怨情怀，但诗中只字未提，给读者留下极大的想像空间，正如山水画中的留白，看似无物，其实无尽风情尽在其中。诗人以平和的语气，如闲聊般道出自己的志向：多种些花草来度过余生吧。此句看似平平，其实惊心动魄，不悲中蕴含着大悲。数百年后，被迫闲居的词人辛弃疾也写下这样的句子：“却将万字平戎策，换得东家种树书。”曾经豪情万丈的英豪，如今只能在种花种树中打发时间，平淡的叙述当中，蕴藏了多少英雄失路的悲鸣！

后　记

萌动请人编辑出版一套独特的中国古典诗词赏读书籍的念头已久，没想到与五洲传播出版社的同志谈起，一拍即合。

社会上已出版的古典诗词类图书琳琅满目，这套书如何称其“独特”呢？我们的设想是：

一、每位诗人、词人独立成册。这便于选择最有代表性的诗词名家，集中介绍他们最具代表性的作品；也便于读者体会和研究每位诗词名家的风格和文采。

二、撰写人物简介。每分册前面都有一篇诗人、词人的生平介绍，其内容要比常见的“三言两语”的介绍更翔实、更丰富。不仅叙说诗人、词人的身世际遇，而且对其创作成就、艺术特色也尝试作简明的评说。孟子曰：“颂其诗，读其书，不知其人，可乎？是以论其世也。”说的是欲深入理解一个人的作品，就应该对这个人及其时代有一定了解。由于年代久远，大多诗家词人并非贵胄世家，其历史资料零散缺失，有些问题学术界尚无定论，比如李白的家世和出生地，至今仍是个谜，有多种说法。由此可见，“知人论世”并非易事。对此，我们以严谨的治学态度，尽可能吸纳目前的研究成果。

三、“三段解”方式。对书中的每篇作品，均采用题解、句解、评解的手法进行评析和赏读。古典诗词文辞精粹，含蓄内敛，善于通过各种艺术手法传达味外之旨、韵外之致。以“三段解”的方式对诗词逐题逐句地进行意译和评解，雅俗共赏，对大家深入理解诗词的思想内容和艺术风格、体味其中的文化意蕴，力图给出些许提示。

四、以画配诗词。每首诗词作品，都配以当代画家根据其意境专门绘制的国画，以期诗情画意，相得益彰。其中不乏程十发、顾炳鑫、刘旦宅、华三川、范曾、戴敦邦等名家手笔。部分画作，是画家先前发表过的；绝大多数的作品，则是邀请画家特意为本书系创作的。

有了这样的设想，下一步的关键在于能否请到合适的作者。五洲传播出版社为本书系约请作者的门槛颇高：首先须是中国古典文学研究领域的专家学者，有较深学术造诣；其次是能厚积而薄发，有深入浅出的文字表达能力。应该感谢的是，一批年富力强的学人加入了编写队伍。由于他们的辛勤劳作，才有了我们现在看到的这套《中国古典诗词精品赏读》。

李　冰

于北京